目次

「秋山久蔵御用控」江戸略地図

実際の縮尺とは異なります

日本橋を南に渡り、日本橋通りを進むと京橋に出る。京橋は八丁堀に架かっており、尚も南に新両替町、銀座町と進み、四丁目の角を右手に曲がると外堀の数寄屋河岸に出る。そこに架かっているのが数寄屋橋御門であり、渡ると南町奉行所があった。南町奉行所には〝剃刀久蔵〟と呼ばれ、悪人を震え上がらせる一人の与力がいた……。

## 秋山久蔵御用控・登場人物

**秋山久蔵**（あきやまきゅうぞう）

南町奉行所吟味方与力。〝剃刀久蔵〟と称され、悪人たちに恐れられている。何者にも媚びへつらわず、自分のやり方で正義を貫く。「町奉行所の役人は、お奉行の為に働いてるんじゃねえ、江戸八百八町で真面目に暮らしてる庶民の為に働いているんだ。違うかい」（久蔵の言葉）。心形刀流の使い手。普段は温和な人物だが、悪党に対しては、情け無用の冷酷さを秘めている。

**弥平次**（やへいじ）

柳橋の弥平次。秋山久蔵から手札を貰う岡っ引。柳橋の船宿『笹舟』の主人で、〝柳橋の親分〟と呼ばれる。若い頃は、江戸の裏社会に通じた遊び人。

**神崎和馬**（かんざきかずま）
南町奉行所定町廻り同心。秋山久蔵の部下。二十歳過ぎの若者。

**蛭子市兵衛**（えびすいちべえ）
南町奉行所臨時廻り同心。久蔵からその探索能力を高く評価されている人物。妻が下男と逃げてから他人との接触を出来るだけ断っている。凧作りの名人で凧職人として生きていけるほどの腕前。

**香織**（かおり）
久蔵の後添え。亡き妻・雪乃の腹違いの妹。惨殺された父の仇を、久蔵の力添えで討った過去がある。長男の大助を出産した。

**与平、お福**（よへい、おふく）
親の代からの秋山家の奉公人。

幸吉（こうきち）
弥平次の下っ引。

寅吉、雲海坊、由松、勇次、伝八、長八（とらきち、うんかいぼう、よしまつ、ゆうじ、でんぱち、ちょうはち）
鋳掛屋の寅吉、托鉢坊主の雲海坊、しゃぼん玉売りの由松、船頭の勇次。弥平次の手先として働くものたち。伝八は江戸でも五本の指に入る、『笹舟』の老練な船頭の親方。長八は手先から外れ、蕎麦屋を営んでいる。

おまき
弥平次の女房。『笹舟』の女将。

お糸（おいと）
弥平次、おまき夫婦の養女。

太市（たいち）
秋山家の若い奉公人。
小川良哲（おがわりょうてつ）
小石川養生所本道医。養生所設立を公儀に建白した小川笙船の孫。

秋山久蔵御用控

# 虚《うつ》け者《もの》

# 第一話　窩主《けいず》買《かい》

# 一

長月――九月。

秋も深まり、月の出ている夜が長くなる。

十五日は神田明神《かんだみようじん》祭、十六日は芝神明《しばしんめい》祭と江戸の町には祭り囃子《ばやし》が流れる。

神田明神は江戸の総鎮守であり、祭礼の行列は江戸城内に入るのを許され、将軍が見物する処から〝天下祭り〟とも称された。

神田明神には祭り囃子が溢《あふ》れ、境内には参拝人が列を成し、参道に連なる露店は賑わっていた。

連なる露店の端では、雲海坊《うんかいぼう》が下手な経を読みながら托鉢《たくはつ》をしていた。

雲海坊は、岡っ引の柳橋《やなぎばし》の弥平次《やへいじ》の身内だが、探索をしていない時には托鉢で小銭を稼いでいた。

縁日や祭礼は露天商や香具師《やし》の稼ぎ時であり、雲海坊は顔見知りの者たちと楽しげに言葉を交して托鉢に励んでいた。

祭りは賑わった。

雲海坊は、露店を冷やかして歩く客の中に見覚えのある顔の男を見つけた。

男は二十六、七歳であり、地味な半纏《はんてん》を着た職人だった。

見覚えがある……。

雲海坊は、見覚えのある顔の職人が何処《どこ》の誰か思い出そうとした。だが、何も思い出せなかった。

何処の誰だったか……。

職人は、年増女と一緒だった。

年増女は質素な身形《みなり》をしており、長屋住まいのおかみさんか大店《おおだな》の奉公人のようだった。

職人は、年増女と楽しげに露店を冷やかしながら雲海坊の前を通り過ぎた。

雲海坊は、経を読みながら目の前を通り過ぎて行く職人を見詰めた。

確かに見覚えがある……。

雲海坊がそう思った時、職人は雲海坊に鋭い一瞥《いちべつ》を向けた。

雲海坊は、古い饅頭笠《まんじゆうがさ》を目深《まぶか》に被っていながらも思わず眼を逸らした。

職人は、年増女に微笑《ほほえ》みながら何事かを囁《ささや》いた。年増女は、頰を染めて恥ずかしげに笑った。

雲海坊は、職人の鋭い一瞥に只ならぬものを感じた。

素人《しろうと》の眼付きじゃあない……。

職人と年増女は、賑わう参道を抜けて神田明神から立ち去って行く。

雲海坊は、托鉢を止めて職人を追ってみる事にした。


明神下の通りには祭り囃子が響き、祭り見物の人々が賑やかに行き交っていた。

職人と年増女は、明神下の通りを神田川に向かった。

雲海坊は追った。

「どうしたんですかい、兄貴……」

しゃぼん玉売りの由松《よしまつ》が、背後からやって来て雲海坊に並んだ。

「おう。ちょいと気になる奴がいてな」

雲海坊は、由松も参道の片隅で子供相手に商いをしていたのを思い出した。

「付き合いますぜ」

由松は、子供相手の商いに飽きたようだ。

「済まねえな」

雲海坊は、由松と共に職人と年増女を追った。
神田川に架かる昌平橋《しょうへいばし》は、神田明神の祭りのせいか人通りが多かった。
職人は、昌平橋の北詰で年増女と別れた。
年増女は、見送る職人を未練げに振り返りながら昌平橋を渡って行った。
職人は昌平橋の袂《たもと》に佇《たたず》み、昌平橋から八ッ小路に去って行く年増女を見送った。
「由松、女が何処に行くのか見届けたら、藪十《やぶじゅう》に来てくれ」
「合点だ」
由松は、佇んでいる職人の傍を通り抜けて年増女を追って行った。
雲海坊は、職人を見守った。
職人は、年増女が見えなくなったのを見定め、哀しげに吐息を洩らした。
捨坊《すてぼう》……。
雲海坊は、不意に思い出した。
あの哀しげな顔は捨坊だ……。
雲海坊は、子供の頃に哀しげにすすり泣いていた捨坊を思い出した。
見覚えのある顔の職人は、本当に捨坊なのだろうか……。

捨坊と思われる職人は、踵《きびす》を返して明神下の通りを下谷《したや》に向かった。

突き止める……。

雲海坊は、職人が本当に捨坊かどうか突き止めようと追った。

捨坊と思える職人は、下谷広小路を抜けて山下から入谷《いりや》に進んだ。

雲海坊は追った。


入谷鬼子母神《きしもじん》の境内には、枯葉が舞い散っていた。

捨坊と思える職人は、落葉を踏みながら鬼子母神の境内を抜けた。そして、鬼子母神の裏手にある長屋の木戸を潜った。

昼下がりの裏長屋には、赤ん坊の泣き声が響いていた。

捨坊と思える職人は、長屋の一番奥の家に入った。

雲海坊は、梅の古木のある木戸から見届けた。

本当に捨坊なのか……。

雲海坊は、梅の古木のある木戸の陰に潜み、長屋の奥の家を窺《うかが》った。

信濃《しなの》の水呑百姓の倅《せがれ》の雲海坊は、子供の時に口減らしで寺に預けられた。

住職は小坊主たちを虐待し、酷い時には人買いに売り飛ばしたりしていた。

雲海坊たち小坊主は虐待された。

その時、片隅で身を縮め、哀しげにすすり泣いていたのが捨坊だった。捨坊は、雲海坊より一歳下で寺に捨てられていた子供だった。住職は、捨坊と名付けて虐待した。

数年が過ぎた。

住職による小坊主たちへの虐待は続いた。

雲海坊は虐待に耐えきれなくなり、住職を殴り倒して寺を逃げ出した。以来、雲海坊は他人には云えないような真似をしながら各地を流離《さすら》い、江戸に流れ着いた。そして、柳橋の弥平次と出逢い、盃《さかずき》を貰って身内になったのだ。

雲海坊が寺を逃げ出した後、捨坊がどうしたかは分からない。雲海坊と同じように寺を逃げ出し、職人になっていてもおかしくはないのだ。

小半刻《こはんとき》（三十分）が過ぎた。

捨坊と思われる職人は、長屋の家に入ったまま動きはなかった。

雲海坊は、職人の名や素性を調べる為に木戸番に向かった。

神田八ッ小路を通り抜けた年増女は、日本橋の通りを南に進み、室町《むろまち》三丁目を東に曲がって西堀留川《にしほりどめがわ》に架かる雲母橋《きらずばし》に出た。そして、雲母橋の袂にある古道具屋の裏手に入った。

由松は見届けた。

古道具屋は『青蛾堂《せいがどう》』の看板を掲げ、店先に狸や招き猫などの置物が雑多に置かれていた。

「古道具屋のあおが堂かな……」

由松は、『青蛾堂』が読めずに首を捻《ひね》った。

年増女は、古道具屋『青蛾堂』のおかみさんか奉公人なのだ。

由松は、年増女の名前と素性を調べる事にした。


鬼子母神裏梅の木長屋に住んでいる職人は、平吉《へいきち》と云う名の袋物師だった。

「袋物師の平吉……」

雲海坊は、捨坊と思える職人の名を知った。

「ああ。若いけど腕の良い袋物師だと専《もっぱ》らの評判だよ」

木戸番は、雲海坊の素性を知っていた。

袋物師とは、革や布を使って煙草入《たばこい》れや紙入れ、巾着袋《きんちゃくぶくろ》などを作る職人だ。

雲海坊は、木戸番に聞き込みを続けた。

「で、生まれは何処なんだい……」

雲海坊は、木戸番の淹《い》れてくれた茶を飲みながら尋ねた。

「確か生まれは信濃で育ちは甲斐《かい》だとか云っていたと思うが、はっきりした事はねえ……」

「分からないか……」

「ああ……」

木戸番は頷《うなず》いた。

生まれが信濃ならば捨坊と同じだが、育ちが甲斐となると違うのかもしれない。

いずれにしろ、袋物師の平吉が捨坊だとは未だ言い切れない。

「じゃあ、何処でいつ頃から袋物師になる修業をしたかとかは……」

「さあねえ。平吉さんは無口な人でね。自分の事は滅多に話さないんだな……」

木戸番は苦笑した。

「そうか……」

「雲海坊の兄い。平吉さん、何か危ねえ真似でもしているのかい……」

木戸番は眉をひそめた。

雲海坊は、神田明神で自分を一瞥した時の平吉の鋭い眼付きを思い出した。だが、雲海坊は違った時を恐れた。

「いえ。そんなんじゃあなくてね。餓鬼の頃の知り合いに似ているんで、ちょいと気になってね」

雲海坊は、笑って誤魔化した。


梅の木長屋は静けさに覆われていた。

雲海坊は、平吉の家の軒下に潜んで中の様子を窺った。

家の中には、平吉が仕事をしている気配がした。

今日はこれ迄《まで》だ……。

雲海坊は、平吉の家の軒下から離れ、梅の木長屋を後にした。


南町奉行所の庭の立ち木の梢《こずえ》には、散りそびれた一枚の枯葉が微風に揺れていた。

「秋山《あきやま》さま……」

定町廻《じょうまちまわ》り同心の神崎和馬《かんざきかずま》は、吟味方与力《ぎんみがたよりき》の秋山久蔵《きゅうぞう》の用部屋を訪れた。

「おう。和馬か。入りな」

用部屋から久蔵の声がした。

「御免……」

和馬は、久蔵の用部屋に入った。

「どうした……」

久蔵は、書類を書いていた筆を置いて振り返った。

「今、京橋の茶道具屋薫風堂《くんぷうどう》の主《あるじ》の彦兵衛《ひこべえ》が来ましてね」

「京橋の薫風堂と云えば、確か去年の春、盗賊に押し込まれ、金と値の張る茶道具を奪われた茶道具屋だな」

「はい。北町が月番の時の一件です」

和馬は頷いた。

「その薫風堂の旦那が何用だい」

「はい。盗賊に奪われた値の張る棗《なつめ》と茶匙《ちゃさじ》があったと……」

「ほう。何処に……」

「それが、旗本相良監物《さがらけんもつ》さまの屋敷で彦兵衛が見掛けたそうにございます」

「旗本の相良監物の屋敷で……」

久蔵は眉をひそめた。

「はい。相良家は牛込《うしごめ》に屋敷を構えている千五百石取りの旗本で当主の監物さまは、好事家《こうずか》で名高い御方だとか……」

「その相良家に、去年薫風堂が盗賊に奪われた棗と茶匙があったのか……」

「はい。彦兵衛が御機嫌伺いに行き、茶を振る舞われた時、見たそうです……」

「棗と茶匙、盗賊に奪われた物に間違いねえんだな」

「はい。棗と茶匙、象牙《ぞうげ》の細工物でして、一目見れば分かるそうです」

「成る程。それで薫風堂の主の彦兵衛、相談に来たかい」

「はい。相良家に盗賊に奪われた物だから返してくれと云う訳にもいかず。どうしたものかと……」

「うむ。その象牙の棗と茶匙、盗賊が薫風堂から奪った物だとしたら、相良監物はそいつを知っているかどうかだな……」

「はい。窩主買《けいずかい》の許を廻り、巡り巡って相良監物さまが盗品だと知らずに買ったとなれば、罪は問えませぬし……」

和馬は、困惑を滲《にじ》ませた。

〝窩主買〟とは、盗品と知りながら売買する者を称した。

「知って買ったのなら、如何《いか》に直参《じきさん》旗本でも只じゃあ済まねえか……」

久蔵は苦笑した。

直参旗本は町奉行所の支配違いであり、久蔵や和馬が調べる権利はない。だが、盗賊と連《つる》んでいるとなると話は別だ。

「はい……」

和馬は、眉をひそめて頷いた。

「よし。和馬、ちょいと調べてみな」

「秋山さま……」

和馬は、嬉しげな笑みを浮べた。

「遠慮は要らねえぜ」

久蔵は不敵に笑った。


夜。

神田明神の祭り囃子は、神田川の流れに乗って柳橋にまで届いていた。

神田川が大川に流れ込む処に架かっている柳橋は、北詰に船宿『笹舟《ささぶね》』があり、南詰には蕎麦屋《そば》『藪十』があった。

蕎麦屋『藪十』の亭主の長八《ちょうはち》は、柳橋の弥平次の古くからの手先だった。

「邪魔しますぜ」

雲海坊は、饅頭笠を取って『藪十』に入って来た。

「おう。お待ち兼ねだぜ……」

亭主の長八が笑顔で迎え、店の奥を示した。

「雲海坊の兄貴……」

店の奥にいた由松が、雲海坊に声を掛けて来た。

「おう。じゃあ長八さん……」

「ああ、酒と肴《さかな》を見繕《みつくろ》ってな」

「お願いします」

雲海坊は長八に注文し、由松の傍に行って座った。

「御苦労だったな」

「いえ。どうって事ありませんぜ」

「で……」

雲海坊は、由松を促した。

「はい。年増女の名前はおふみ、歳は二十七。日本橋は伊勢町《いせちょう》にある青蛾堂って古道具屋のおかみさんでしたよ」

「おかみさん……」

雲海坊は眉をひそめた。

平吉と年増女は惚れ合った仲……。

そう睨《にら》んでいた雲海坊は、年増女が人妻だったのに戸惑わずにはいられなかった。

「ええ。青蛾堂の主は清三郎《せいざぶろう》。四十代半ばでおふみとはちょいと歳が離れていますが、女房だそうですよ」

由松は、伊勢町の自身番で聞き込んで来ていた。

「おふみか……」

「ええ。青蛾堂は奉公人もいない小体《こてい》な店でしてね。見た処、余り儲かっている古道具屋には見えません」

「主の清三郎、どんな奴だ……」

「おふみが戻った時は留守でしたが、中々の商売熱心な者だそうですぜ」

由松は告げた。

「商売熱心か……」

「おまちどお……」

長八が、二本の徳利と板山葵《いたわさ》と椎茸などの煮物を持って来た。

「造作を掛けます」

雲海坊と由松は恐縮した。

「何云ってんだ。勘定は貰うよ」

長八は、苦笑して板場に戻った。

「じゃあ兄貴……」

由松は、雲海坊に徳利を差し出した。

「最初だけだ。後はいつも通り手酌《てじゃく》だ」

「心得ていますよ」

雲海坊と由松は、互いに相手の猪口《ちょこ》に酒を満たして飲んだ。

「で、兄貴、あの職人は……」

由松は、雲海坊が追った筈《はず》の職人の事を尋ねた。

「うん。見覚えのある顔でな。それで尾行《つけ》たんだが、どうも餓鬼の頃の仲間のようだ……」

雲海坊は、板山葵を食べ、手酌で酒を飲んだ。

「餓鬼の頃の仲間……」

「ああ。由松、俺が餓鬼の頃、信濃の寺に口減らしに出され、酷い目にあったのを話した事があるな……」

「ええ……」

「その時、寺に捨坊と呼ばれた仲間がいてな。あの職人に何処となく似ているんだ……」

「へえ。そうだったんですか……」

「ああ……」

雲海坊は、捨坊に似ている職人が平吉と云う袋物師だったのを話した。

「袋物師の平吉ですか……」

「ああ。そして、平吉はおそらく捨坊だ……」

雲海坊は酒を飲んだ。

「その平吉と青蛾堂の女房のおふみ、どんな拘《かか》わりなんですかね……」

由松は眉をひそめた。

雲海坊は、由松も平吉とおふみが恋仲だと睨んでいるのを知った。

「さあな……」

雲海坊は、手酌で酒を飲んだ。

「その辺がちょいと気になりますが、ま、悪事に手を染めている風でもないし、良かったじゃありませんか……」

由松は、手酌で酒を飲んだ。

「まあな……」

雲海坊は頷いた。だが、何故か一抹の不安を覚えずにはいられなかった。

一年前、京橋の茶道具屋『薫風堂』に押し込んだ盗賊は、木菟《みみずく》の万蔵《まんぞう》とされていた。

木菟の万蔵は、年に一度だけ押し込みを働く盗賊であり、素性や一味の詳しい事は何も分からなかった。

「木菟の万蔵、強《したた》かな野郎だな……」

秋山久蔵は苦笑した。

「はい。金の他に奪った物は逸品揃いでして、かなりの目利きだと……」

柳橋の弥平次は、盗賊・木菟の万蔵に就いて知っている事を久蔵に告げた。

「目利きか。じゃあ、相良監物が持っている象牙の棗と茶匙、木菟の野郎が薫風堂から盗んだ物に違いねえな」

久蔵は睨んだ。

「きっと……」

弥平次は頷いた。

「よし。木菟の万蔵は、和馬と幸吉《こうきち》たちに任せ、俺は相良監物を突いてみるか……」

「相手は御直参、どう出るか……」

弥平次は、相良の出方を心配した。

「何処から手に入れたか素直に教えてくれればそれでよし。隠せば何かあるから調べてくれって云っているようなもんだ」

久蔵は、楽しそうに笑った。

二

南町奉行所定町廻り同心の神崎和馬は、下っ引の幸吉、由松、勇次《ゆうじ》と盗賊・木苑の万蔵一味の探索を始めた。

木苑の万蔵は、年に一度しか押し込みを働かず、その噂や評判が世間に知られている事はなかった。

和馬と幸吉たちは、手掛かりを求めて裏渡世《うらとせい》の者たちに当った。だが、木苑の万蔵は勿論、一味の者たちに関する手掛かりや噂は摑めなかった。


牛込御門前、若宮《わかみや》八幡宮のある新坂《しんざか》に旗本千五百石の相良監物の屋敷はあった。

久蔵は、弥平次と雲海坊を残して相良屋敷を訪れた。

弥平次と雲海坊は、斜向《はすむ》かいにある若宮八幡宮から相良屋敷を見守った。


相良監物は、久蔵を書院に通した。

「南町奉行所吟味方与力の秋山久蔵が、儂《わし》に何の用かな……」

相良は、白髪《しらが》眉の下の細い眼を探るように久蔵に向けた。

「相良さまのお手元に象牙の棗と茶匙があると伺いましたが……」

久蔵は、相良を見据えて尋ねた。

「象牙の棗と茶匙。確かに儂の手許にあるが、それがどうか致したか……」

「何処から手に入れられたのか、お教え願いたい……」

「買い求めたのに決まっている」

「誰からですかな」

「それは申せぬ……」

相良は、厳しい面持ちで告げた。

「申せぬとは……」

久蔵は眉をひそめた。

「云わぬ約束で買ったからだ」

「たとえ象牙の棗と茶匙が、盗賊に盗まれた物であっても……」

久蔵は、相良の反応を窺った。

「盗まれた物……」

相良は、白髪眉をひそめた。

「如何にも……」

久蔵は頷いた。

「間違いあるまいな……」

相良は、微かな嘲《あざけ》りを過《よ》ぎらせた。

象牙の棗と茶匙が盗品だと知っている……。

久蔵の勘が囁いた。

「ええ。誰から買いましたか……」

「云わぬ約束だと申した筈だ」

「どうあっても……」

「約束を破る好事家には、掘出物は持ち込まれないのでな」

相良は嘯《うそぶ》いた。

「相良さま……」

「秋山……」

相良は厳しく遮った。

久蔵は、相良を見詰めた。

「用がそれだけなら引き取るが良い」

「相良さま、もし盗まれた物と知った上で買ったのであるなら、如何に旗本でも無事には済みませぬぞ」

久蔵は、厳しく云い放った。

「秋山、不浄役人の分際で儂を脅す気か……」

相良は、白髪眉を怒りに震わせた。

「いいや、脅しじゃあねえ。本当の事を教えてやった迄だぜ」

久蔵は不敵に笑い、刀を手にして立ち上がった。


相良屋敷を出た久蔵は、若宮八幡宮の裏門に廻り、境内を横切って鳥居の陰にいる弥平次と雲海坊に合流した。

「どうだ……」

久蔵は、相良屋敷を見詰めた。

「これと云った動きはありません。で、如何《いかが》でしたか……」

弥平次は、相良監物の反応を尋ねた。

「知っているな、盗品だと……」

久蔵は、己の睨みを告げた。

「知っていますか……」

弥平次は眉をひそめた。

「ああ。間違いねえ。だが、売った者が誰かは云えぬそうだ」

久蔵は苦笑した。

「秋山さま、親分……」

相良屋敷を見張っていた雲海坊が、緊張した声で久蔵と弥平次を呼んだ。

相良屋敷から二人の家来が出て来た。そして、神田川に向かって足早に新坂を降りて行った。

「追いますか……」

雲海坊は眉をひそめた。

「うむ。俺は相良が動くかどうか見届ける。雲海坊は二人が何処に行くか見届けてくれ」

久蔵は命じた。

「承知……」

雲海坊は、饅頭笠を目深に被り直して二人の家来を追った。

久蔵は、弥平次と共に相良屋敷を見張った。

浅草広小路は賑わっていた。

和馬と勇次は、広小路の雑踏を横切って浅草花川戸町《はなかわどちょう》に進んだ。そして、花川戸町の外れを隅田川に出る裏通りに入った。

裏通りには葦簀《よしず》張りの立飲み屋があり、仕事に溢《あぶ》れた日雇い人足や無職渡世の男たちが昼間から安酒を飲んでいた。

和馬と勇次は、物陰に潜んで立飲み屋を窺った。

客の中には由松がおり、派手な半纏を着た男と親しげに酒を飲んでいた。

「和馬の旦那……」

幸吉が、和馬と勇次の許にやって来た。

「どいつだ。木菟の万蔵を知っているって野郎は……」

和馬は、葦簀張りの立飲み屋の客を眺めた。

「由松と話している野郎です」

幸吉は、由松と親しげに酒を飲んでいる派手な半纏の男を示した。

「名前は久助《きゅうすけ》。強請《ゆすり》たかりの半端な博奕《ばくち》打ちです」

「叩けば埃《ほこり》が舞い上がるか……」

「嫌って程……」

幸吉は笑った。

「よし。幸吉と勇次は裏に廻ってくれ」

「承知……」

幸吉と勇次は、葦簀張りの立飲み屋の裏手に廻って行った。

和馬は見定め、物陰を出て立飲み屋に向かった。


葦簀張りの立飲み屋は、人足や得体の知れぬ客で賑わっていた。

「邪魔するぜ」

和馬は店に入った。

賑やかだった客たちは、一瞬にして静まり返った。

久助は、後ろめたい事でもあるのか慌てて和馬から目を逸らした。

由松は、微かに苦笑した。

「おいでなさいまし……」

亭主が、探るように和馬を迎えた。

「久助って野郎はいるかい……」

和馬は、亭主に尋ねた。

刹那《せつな》、久助は身を翻《ひるがえ》して裏に逃げた。

由松が、咄嗟《とっさ》に足を飛ばした。

久助は、由松の足に引っ掛かって大きくよろめいた。

酒の入った湯呑茶碗や皿が落ち、派手な音を立てて砕け散った。

久助は、葦簀を突き破って裏に転がり出た。

待ち構えていた幸吉と勇次が、無様に倒れ込んだ久助を押さえ付けて素早く縄を打った。

「止めろ。俺が何をしたってんだ」

久助は、抗《あらが》い喚《わめ》いた。

「煩《うる》せえ。だったら何故、逃げた」

幸吉は、怒鳴り返した。

「そ、それは、同心の旦那が探しているんで、つい思わず……」

久助自身、逃げた理由が定かではなかった。

おそらく同心の和馬に名を呼ばれ、反射的に逃げたのだ。

「馬鹿野郎が……」

和馬は苦笑した。

和馬と幸吉たちは、空き店の土間を借りて久助を引き据えた。

久助は、満面に怯《おび》えを浮べていた。

「久助、お前、盗賊の木菟の万蔵を知っているそうだな」

和馬は、厳しい面持ちで念を押した。

「えっ……」

「今更、惚《とぼ》けても無駄だぜ。お前が木菟の万蔵と昵懇《じっこん》だと、散々聞かされたんだからな」

由松は嘲りを浮べた。

「そ、それは、兄いが凄え凄えと感心するから、つい言葉の綾で……」

久助は、由松に恨めしげな眼を向けた。

「久助、木菟の万蔵と昵懇なら一味も同然。磔獄門《はりつけごくもん》でも何でも望み次第だ」

和馬は、笑顔で脅した。

「そんな。旦那、勘弁して下さい……」

久助は、半泣きで和馬に頼んだ。

「久助、勘弁して欲しいなら、知っている事を正直に答えるんだな」

「へい。そりゃあもう、仰《おっしゃ》る通りに……」

久助は、助かる手立てを知って嬉しげに身を乗り出した。

「よし。じゃあ、木菟の万蔵は何処にいる」

「さあ……」

久助は首を捻った。

同時に幸吉の平手打ちが飛び、久助の頬を甲高く鳴らした。

久助は、悲鳴をあげて仰向けに倒れた。

「久助、巫山戯《ふざけ》るんじゃあねえ」

幸吉は、久助を睨み付けた。

「お、親分さん、あっしは木菟の万蔵を良く知らねえんでして、知っているのは一味の女なんです」

久助は必死に訴えた。

「一味の女だと……」

和馬は眉をひそめた。

「へい。木菟の万蔵が眼を付けた大店に奉公人として入り込み、押し込みの手引きをする役目の女です」

「その女の名は……」

「その時は、おゆき……」

「その時は……」

和馬は戸惑った。

「へい。ああ云う女の名前は、いろいろ変わりましてね」

久助は、諂《へつら》うように笑った。

「お前との拘わりは……」

和馬は尋ねた。

「五年前、あっしは大店の真っ当な手代でしてね。その時、店におゆきって女が住込みの女中奉公に来て、ちょいと手を出したら直ぐに懇《ねんご》ろになりましてね。それでいろいろ便宜を計ってやったんですが、どうも妙だと思って調べたら、盗賊の一味でして……」

久助は、恐ろしそうに眉を曇らせた。

「その盗賊が木菟の万蔵だったのか……」

和馬は読んだ。

「へい。それで、命が惜しけりゃあ、黙って云う事を聞けと脅されましてね」

「押し込みの手伝いをさせられたか……」

幸吉は苦笑した。

「へい。それでお店は木菟一味に押し込まれて潰れ、奉公人は散り散り、あっしはこの体《てい》たらくですよ」

久助は己を嘲笑《ちようしよう》した。

「おゆきって女はどうした」

和馬は訊いた。

「消えましたよ」

「だが、逢った。そうだろう……」

幸吉は、久助の話の先を読んだ。

「一度だけ……」

「勿体付けるんじゃあねえ。一度だけ何処で逢ったんだ」

幸吉は続けた。

「日本橋の伊勢町、雲母橋の袂で……」

「雲母橋の袂……」

「へい……」

「いつ……」

「去年の春……」

「おゆき、何をしていた」

「使いの帰りなのか風呂敷包みを抱え、日本橋の通りに……」

「で、何処に行った」

「えっ……」

久助は戸惑った。

「お前の事だ。後を尾行たんだろう」

幸吉は、厳しさを過ぎらせた。

「へい。ですが、人相の悪い浪人が出て来て邪魔をしやがった」

久助は、腹立たしげに告げた。

「木菟の一味だな」

和馬は睨んだ。

「きっと……」

「だったら、命が無事で何よりだったな」

和馬は笑った。

「お陰さまで……」

久助は小狡《こずる》く笑った。

「知っているのはそれぐらいか……」

和馬は見定めた。

「へい」

久助は頷いた。

「だったら、二度と木菟の万蔵を知っているなんて、言い触らさない事だな」

和馬は、真顔で忠告した。

「えっ……」

「これ以上、言い触らせば、木菟の万蔵も黙っちゃあいない。命はないぞ」

和馬は苦笑した。

「旦那……」

久助は、恐怖を滲ませた。

「じゃあ旦那、伊勢町に行きますか……」

幸吉は、和馬の指示を仰いだ。

「うん。雲母橋界隈《かいわい》でおゆきを探すしかあるまい」

「ですが、顔が分かりませんぜ」

由松は困惑した。

「久助、付き合って貰うぜ」

和馬は、久助に笑い掛けた。

「えっ……」

「おゆきの顔を知っているのはお前だけだ」

「旦那……」

「嫌なら、昔、木菟の万蔵の押し込みを手伝った罪で磔獄門だ」

和馬は、久助を見据えて冷たく告げた。


神田川には落葉が流れていた。

相良家の二人の家来は、神田川の北岸を両国に向かって進んだ。

雲海坊は尾行た。

二人の家来は、筋違御門《すじかいごもん》前を北に曲がって御成《おなり》街道から下谷練塀《ねりべい》小路に入った。

下谷練塀小路には、小旗本や御家人の屋敷が軒を連ねていた。

二人の家来は練塀小路を進み、一軒の屋敷の前に立ち止まった。

雲海坊は物陰に潜んだ。

二人の家来は、門を潜って玄関先に進み、屋敷内に声を掛けた。

屋敷内から御新造が現われ、二人の家来を迎えた。

二人の家来は、御新造に何事かを尋ねた。

御新造は、申し訳なさそうに眉をひそめて詫びていた。

二人の家来は、顔を見合わせて屋敷を後にした。

どうやら、訪れた相手である屋敷の主は留守のようだった。

雲海坊は睨んだ。

二人の家来は、来た道を戻って行った。

雲海坊は二人の家来を見送り、やって来た棒手振《ぼてふ》りの魚屋を呼び止めた。

「少々お尋ね致しますが、此処《ここ》は神崎和馬さまのお屋敷でしょうか……」

雲海坊は、屋敷を示して訊いた。

「いいえ。此処は御数寄屋坊主《おすきやぼうず》の宗方道春《むなかたどうしゅん》さまのお屋敷ですぜ」

「御数寄屋坊主の宗方道春さま……」

「ええ。坊主は坊主でも、お坊さんとは違う坊主ですぜ」

魚屋は苦笑した。

「そうですか、御数寄屋坊主の宗方道春さまのお屋敷でしたか……」

「ええ。お坊さんの探しているお屋敷、神崎和馬さまでしたかい……」

「はい……」

「練塀小路じゃあ聞かない名前だな……」

魚屋は首を捻った。

「そうですか、御造作をお掛け致しました」

雲海坊は、魚屋に手を合わせて頭を下げた。

「いいえ。お役に立てなくて。じゃあ……」

魚屋は、魚を入れた盤台《はんだい》を両端に付けた天秤棒を担いで立ち去った。

相良家の二人の家来は、御数寄屋坊主の宗方道春の屋敷を訪れた。

それが、久蔵と逢った相良監物の指図だとしたら、御数寄屋坊主の宗方道春も象牙の棗と茶匙に絡んでいるのかも知れない。

雲海坊は読んだ。


西堀留川の流れは、繋がれた小舟を揺らしていた。

和馬、幸吉、由松、勇次は、博奕打ちの久助を連れて日本橋伊勢町に赴き、おゆきを探し始めた。

和馬は、伊勢町の自身番を訪れておゆきと云う名の女の割り出しを試みた。

おゆきと云う女は、伊勢町に数人いた。だが、五十歳過ぎの大年増か二十歳前の娘ばかりであり、木菟一味のおゆきとは思えぬ年頃の女ばかりだった。

「やっぱり、おゆきって名前、偽名だったんですよ」

幸吉は眉をひそめた。

「そうなると、探す手立てがありませんね」

勇次は困惑した。

「うん。久助、おゆきの顔を知っているお前だけが頼りだ。その蜆《しじみ》のような眼で見落としのないように探すんだぜ」

和馬は、幸吉、由松、勇次と久助を連れて伊勢町を廻った。だが、盗賊・木菟一味のおゆきらしき女は杳《よう》として見つからなかった。

旗本の相良監物に変わった事はなかった。

久蔵と弥平次は、若宮八幡宮の鳥居の陰で相良屋敷を見張り続けていた。

「秋山さま、親分……」

雲海坊が戻って来た。

「おう。どうした……」

「出掛けた家来、練塀小路に住む御数寄屋坊主の宗方道春さんの屋敷に行きましたよ」

「御数寄屋坊主の宗方道春……」

久蔵は眉をひそめた。

「ええ。ですが宗方道春さん、留守でしてね。二人の家来、戻った筈ですが……」

「いいや。戻っちゃあいないぜ」

弥平次は戸惑った。

刹那、久蔵は不吉な予感に衝き上げられた。

「戻っていない……」

雲海坊は眉をひそめた。

二人の家来は相良屋敷に戻らず、何処かで宗方道春の帰りを待っているのだ。

雲海坊は、微かな焦りを過ぎらせた。

「親分、下手をすると宗方道春が危ねえ。雲海坊、宗方の屋敷に案内しろ」

久蔵の勘は、宗方道春の危険を囁いていた。

「はい……」

雲海坊は、薄汚れた衣を翻して牛込新坂を足早に降りた。

久蔵と弥平次が続いた。

三

日本橋伊勢町の外れ、西堀留川に雲母橋は架かっていた。

由松は、伊勢町に住んでいるおゆきを訪ね歩き、裏を取った。

伊勢町に住んでいるおゆきに、木菟一味の手引き役の女と年格好の合う者はやはりいなかった。

由松は雲母橋に佇み、古道具屋『青蛾堂』を眺めた。

古道具屋『青蛾堂』の店先には、相変わらず雑多な品物が並んでいた。

品物に値の張るものはない。

良く商いを続けていられるもんだ……。

由松は感心した。

主の清三郎は、噂通りの商い上手のようだ。

由松は、古道具屋『青蛾堂』の店内を見た。

薄暗い店内に、主の清三郎や女房おふみの姿は見えなかった。

今は木菟一味の手引き役の女だ……。
由松は雲母橋を降り、女の新たな手掛かりを求めて和馬や幸吉の処に戻った。

秋の日暮れは早く、下谷練塀小路は薄暗さに覆われた。
秋山久蔵は、弥平次や雲海坊と共に宗方道春の屋敷に駆け付けた。
宗方屋敷の表門は半開きになっていた。
久蔵は、半開きの表門から屋敷の様子を窺った。
玄関の障子は僅《わず》かに開き、奥に暗い座敷が窺われた。
久蔵は、厳しさを滲ませて表門を入った。
弥平次と雲海坊は続いた。
久蔵は、玄関の僅かに開いている障子を開けた。
血の臭いが、奥の暗い座敷から漂った。
「秋山さま……」
弥平次が緊張した。
久蔵の不吉な予感は当った。
「ああ、血の臭いだぜ……」

久蔵は、薄暗い座敷に上がった。

弥平次と雲海坊が続いた。

久蔵は、薄暗い座敷の隣の部屋に進んだ。

御新造が、胸元を血に濡らして倒れていた。

久蔵は、御新造の様子を見た。

御新造は胸元を袈裟《けさ》懸《が》けに斬られ、心の臓に止《とど》めを刺されて絶命していた。

「秋山さま……」

弥平次は眉をひそめた。

「袈裟懸けの一太刀。御丁寧に止めを刺していやがる」

「じゃあ、殺《や》ったのは侍ですか……」

「ああ、間違いあるめえ。雲海坊……」

久蔵は、雲海坊に御新造の顔が見えるように身を引いた。

「はい……」

雲海坊は、御新造の死に顔を覗《のぞ》き込んだ。

「はい。宗方さんの御新造さんです」

雲海坊は、御新造の死に顔を確かめた。

「よし……」

久蔵は、次の六畳間に進んだ。

六畳間には床を備えた八畳間が続き、寝間と思える座敷がある。そして、屋敷には囲炉裏《いろり》のある台所と納戸などがある。

久蔵たちは、寝間で斬殺されている坊主頭の男を見つけた。

雲海坊は、台所の囲炉裏から火種を取って手燭《てしょく》を灯し、坊主頭の男の顔を照らした。

坊主頭の男は、恐怖に醜《みにく》く顔を歪《ゆが》めて絶命していた。

「宗方道春だな……」

久蔵は眉をひそめた。

「ええ、きっと……」

弥平次と雲海坊は頷いた。

久蔵は、宗方道春の死体を検《あらた》めた。

宗方道春は脇腹を深々と斬られ、やはり止めを刺されていた。

「何がなんでも、息の根を止めたかったようだな」

久蔵は睨んだ。

「秋山さま、殺ったのは相良監物の家来ですかね」

雲海坊は読んだ。

「おそらくな……」

「って事は……」

「相良監物、象牙の棗と茶匙の出処を隠そうとしていやがる……」

「じゃあ、仏さんが相良さまに象牙の棗と茶匙を……」

「おそらく取り持ったんだろうな」

「取り持った……」

「ああ。木菟の万蔵、宗方道春に高値で買い取ってくれる好事家を捜してくれと頼んだのかもしれねえ」

「その好事家が相良監物さま……」

「じゃあ、宗方道春は口封じで……」

「ああ。よし、俺はこの事を徒目付《かちめつけ》に報《しら》せる。親分と雲海坊は二人の家来を見た者がいねえか聞き込んでみてくれ」

久蔵は命じた。

博奕打ちの久助の知るおゆきは、日本橋伊勢町界隈には見つからなかった。

和馬は、幸吉と共に久助を南茅場町《みなみかやばちょう》の大番屋に連れて行った。

由松は、勇次と共に柳橋の船宿『笹舟』に戻る事にした。そして、西堀留川に架かる雲母橋に差し掛かった。

由松は、雲母橋の袂に平吉がいるのに気付いて足を止めた。

「由松の兄貴……」

勇次は戸惑った。

「う、うん……」

由松は、平吉を窺った。

平吉は、雲母橋の袂に佇んで古道具屋『青蛾堂』を見詰めていた。

何をしている……。

由松は気になった。

平吉は、思い詰めた顔で『青蛾堂』を睨み付けていた。

由松は、微かな不安を覚えた。

「あの野郎、知っているんですか……」

勇次は、由松の視線の先にいる平吉を示した。

「うん。雲海坊の兄貴の知り合いだ」

「雲海坊さんの……」

「ああ……」

「それにしても、何だか剣呑《けんのん》な様子ですね」

勇次は眉をひそめた。

「お前もそう思うか……」

「ええ……」

勇次は頷いた。

古道具屋『青蛾堂』は、既に大戸を閉めて店仕舞いをしていた。

潜り戸が開き、痩《や》せた初老の男がおふみと一緒に出て来た。

平吉は、咄嗟に雲母橋の欄干《らんかん》に身を潜めた。

初老の男は、古道具屋『青蛾堂』の主の清三郎……。

由松は睨んだ。

清三郎は風呂敷包みを手にし、おふみに見送られて出掛けて行った。

平吉は、雲母橋の欄干の陰から出て清三郎を追った。

「兄貴……」

勇次は、緊張を滲ませた。

「ちょいと追ってみるぜ」

「付き合いますぜ」

由松と勇次は、清三郎を尾行る平吉を追った。


柳橋の船宿『笹舟』は、夜の船遊びの季節も終わって落ち着きが漂っていた。

久蔵、弥平次、雲海坊は、御数寄屋坊主宗方道春夫婦斬殺の件を整理した。

「それで、駆け付けて来た徒目付組頭に聞いたのだが、宗方道春、いろいろ噂のある野郎だそうだ」

久蔵は酒を飲んだ。

「噂ですか……」

「ああ。骨董の逸品を大名旗本の好事家に仲介しては、口利き料や利鞘《りざや》を稼いでいるとかな……」

「やっぱり……」

弥平次は頷いた。

「ひょっとしたら宗方道春、盗賊と手を結んで窩主買をしていたんじゃあ……」

雲海坊は睨んだ。

「まさかそこ迄はどうかな……」

弥平次は眉をひそめた。

「ま、道春の野郎が直に盗賊と繫がっているかどうかは分からねえが、盗品と知って口利きをしていたのに違いねえ。そうなりゃあ立派な窩主買だ」

「はい……」

弥平次と雲海坊は頷いた。

「処で、聞き込みの首尾はどうだった」

「夕暮れ前、宗方道春は下城して来たそうですが、一人だったそうです」

「相良家の二人の家来、一緒じゃあなかったのか……」

「はい。その後も宗方家を訪れた武士を見掛けた者はおりませんが、四半刻後に二人の武士が出て行くのを見た者はおりました」

弥平次は、厳しい面持ちで告げた。

「相良家の二人の家来か……」

「そう見て間違いないでしょう。ですが、宗方道春夫婦を殺した証拠はありません」

弥平次は慎重だった。

「ああ。その二人の武士が、相良家の家来って確かな証拠もな……」

「はい」

「だが今の処、相良家の二人の家来が、主の監物に命じられ、口封じに殺したと睨むのが常道だろうな」

久蔵は、笑みを浮かべて猪口の酒を飲み干した。


古道具屋『青蛾堂』清三郎は、日本橋の通りを横切って尚も進み、外濠常盤橋《そとぼりときわばし》御門傍に出た。

平吉は尾行た。

由松と勇次は追った。

常盤橋御門は酉《とり》の刻六つ(午後六時)に閉められ、外濠沿いの道に行き交う人は少なかった。

清三郎は、外濠沿いの道を北に進んで竜閑橋《りゅうかんばし》に差し掛かった。

平吉は、不意に地を蹴った。

「勇次……」

由松と勇次は走った。
平吉は、匕首《あいくち》を抜いて清三郎の背後に迫った。
清三郎は振り向いた。
刹那、平吉は匕首を構えて清三郎に飛び掛かった。
清三郎は、咄嗟に持っていた風呂敷包みで平吉を払い退けた。
平吉は、匕首を落として倒れた。
清三郎は、素早く匕首を拾って平吉に馬乗りになった。
平吉は、逃れようと抗った。
「大人しくしな……」
清三郎は、平吉に匕首を突き付けた。
平吉は、恐怖に喉を震わせて頷いた。
「手前、何処の誰だい……」
清三郎は、押し殺した声で尋ねた。
平吉は、震えながら顔を背けた。
「死にてえのか……」
清三郎は、平吉の喉元に匕首を当てて残忍な嘲りを浮かべた。

「人殺し、人殺しだ」

「竜閑橋で人殺しだ……」

暗がりで見ていた由松と勇次が叫んだ。

清三郎は、慌てて平吉から離れて闇に走った。

「勇次、頼む」

「合点だ」

勇次は、清三郎を追った。

由松は、倒れている平吉に駆け寄った。

「大丈夫か……」

「へ、へい……」

平吉は、微かに震えながら身を起した。

近所の人が集まって来る気配がした。

由松は、清三郎の残していった風呂敷包みを拾った。

「人が来ると面倒だ。さあ……」

由松は、平吉を促した。

「へ、へい……」

由松は、平吉を連れて闇に走った。

蕎麦屋『藪十』は暖簾《のれん》を仕舞っていたが、店に明かりは灯されていた。

由松と勇次は雲海坊を夜食に誘い、蕎麦を食べながら平吉が古道具屋『青蛾堂』の清三郎を襲った事を報せた。

「平吉が……」

雲海坊は困惑した。

「ええ。処が清三郎、歳には似合わねえ素早い野郎でしてね。平吉、逆に殺られそうになっていましたよ」

「それで助けたのか……」

「ええ。そして、入谷の鬼子母神裏の長屋に帰りましたよ」

由松は、平吉を尾行て入谷の梅の木長屋に帰ったのを見届けていた。

「そうか、手間を掛けさせちまったな」

雲海坊は吐息を洩らした。

「いいえ……」

「それから襲われた清三郎ですが、真っ直ぐ青蛾堂に戻りました」

勇次は告げた。

「雲海坊の兄貴、平吉が清三郎を襲ったのは、おふみの為じゃありませんかね」

由松は読んだ。

「おふみか……」

「ええ。平吉とおふみは恋仲で、邪魔な亭主の清三郎を消そうとした……」

「うん……」

雲海坊は、平吉が捨坊と呼ばれていた頃を思い出した。

捨坊は寺の住職に虐待され、いつも暗い部屋の隅ですすり泣いていた。

その涙に濡れた眼の奥には、底知れぬ闇が続いていた。

底知れぬ闇に何が潜んでいたのか……。

捨坊は、大人の平吉になって底知れぬ闇に潜んでいた物が現われるようになったのかもしれない。

雲海坊は、捨坊こと平吉を思い浮かべた。

「それから兄貴、青蛾堂の清三郎ですが、こいつを残していきましてね……」

由松は、清三郎の残していった風呂敷包みを置き、結び目を解いた。

中から桐箱が出て来た。

「商いで扱っている古道具ですかね……」

勇次は覗き込んだ。

由松は、桐箱の紐を解いて蓋《ふた》を開けた。

桐箱の中には、袱紗《ふくさ》に包まれた銀の香炉《こうろ》が入っていた。

「何ですか……」

勇次は、戸惑いを浮かべた。

「銀の香炉だ……」

由松は頷き、銀の香炉を手に取った。

銀の香炉には、見事な竜が彫られていた。

「由松、ちょいと見せてみな」

『藪十』の亭主の長八が眉をひそめた。

「はい……」

由松は、長八に銀の香炉を渡した。

長八は、銀の香炉の蓋を取って中を覗き、竜の模様や底を検めた。

「こいつは盗品かもしれねえな……」

長八は眉をひそめた。

「盗品……」

由松は驚いた。

「長八さん……」

雲海坊と勇次は、思わず身を乗り出した。

「見てみろ。彫られた竜が握っている玉は葵《あおい》の紋所だ……」

長八は、銀の香炉に彫られた竜を示した。

由松、雲海坊、勇次は、彫られた竜を覗き込んだ。

銀の香炉に彫られた竜は、葵の紋所を握り締めていた。

「葵の紋所が彫られた銀の香炉ですか……」

雲海坊は眉をひそめた。

「そんな香炉を売る奴も滅多にいねえだろうし、町の小さな古道具屋が扱うかな……」

長八は、笑みを浮かべて首を捻った。

「となりゃあ盗品ですか……」

由松は、銀の香炉を見詰めた。

「きっとな……」

長八は頷いた。

「雲海坊の兄貴、こいつは兄貴の昔の知り合いの話だけで済まないかもしれませんぜ」

由松は、厳しさを過ぎらせた。

「ああ。親分に報せるぜ」

雲海坊は頷いた。


入谷鬼子母神の境内には、子供たちの楽しげな笑い声が響いていた。

雲海坊は、鬼子母神の境内を抜けて裏の梅の木長屋に向かった。

梅の木長屋は、おかみさんたちの洗濯の時も終わり、静けさが漂っていた。

雲海坊は、長屋の木戸の陰から平吉の家を見守った。

昨夜、雲海坊は捨坊こと平吉との拘わり、古道具屋『青蛾堂』清三郎の女房おふみとの事を話した。そして、平吉が清三郎を襲ったのを弥平次に告げ、銀の香炉を差し出した。

弥平次は、清三郎が持っていた銀の香炉を手に取って検めた。

「雲海坊、こいつは長八の睨み通りだろうな」

「やっぱり……」

雲海坊は喉を鳴らした。

「うむ。よし、明日、こいつを秋山さまにお見せする。古道具屋青蛾堂の清三郎おふみ夫婦は、幸吉たちに探らせるよ」

「あっしは……」

「雲海坊、お前は捨坊こと平吉を詳しく調べてみるんだな」

「親分……」

雲海坊は、微かな戸惑いを覚えた。

弥平次は、日頃から探索に情が入るのを恐れていた。その弥平次が、雲海坊に平吉の探索を命じた。

「いいか雲海坊、捨坊と呼ばれた気の毒な子供がどんな大人の平吉になったのか、しっかりと見定めるんだぜ」

弥平次は命じた。

四半刻が過ぎた。

平吉の家の腰高障子が開き、平吉が風呂敷包みを抱えて出て来た。

何処かに出掛ける……。

雲海坊は、長屋を出て行く平吉を追った。

久蔵は、銀の香炉を置いた。

「柳橋の、こいつはやはり盗品のようだな」

久蔵は、用部屋で待っていた弥平次に笑い掛けた。

「そうですか……」

「ああ。こいつは将軍家が大名旗本に下賜《かし》される香炉だそうだ」

「じゃあ、上様から拝領したお大名かお旗本が、お屋敷から盗まれた物ですか……」

「おそらくな。知っての通り、大名旗本は盗賊に入られたのを武門の恥として届け出はしねえが、間違いねえだろう」

「じゃあ、古道具屋の青蛾堂の清三郎は……」

弥平次は、その眼を鋭く輝かせた。

「窩主買かもな……」

久蔵は、小さな嘲りを過ぎらせた。

# 四

下谷広小路は賑わっていた。
平吉は、風呂敷包みを抱えて上野元黒門町《もとくろもんちょう》にある袋物屋を訪れた。
雲海坊は、行き交う人々越しに見送った。
平吉は、出来上がった袋物を袋物屋に納めに来た。
雲海坊は読んだ。
僅かな時が過ぎ、平吉が風呂敷を畳みながら番頭に見送られて出て来た。
平吉は番頭に深々と頭を下げ、下谷広小路の賑わいを抜けて行った。
何処に行く……。
雲海坊は再び尾行た。

西堀留川の水面《みなも》は、秋の陽差しに鈍色《にびいろ》に輝いていた。
幸吉、由松、勇次は、雲母橋の袂から古道具屋の『青蛾堂』を見張った。
『青蛾堂』の店先には雑多な古道具が並び、薄暗い店内の帳場には主の清三郎らしき人影が座っていた。

「お前さん……」

奥から出て来たおふみが、帳場にいる清三郎に声を掛けた。

「ああ。こいつが手紙だ。御隠居さまに呉々《くれぐれ》も宜しく伝えてくれ」

「はい。じゃあ、ちょいと行って来ます」

おふみは、清三郎に渡された手紙を袱紗に包んで胸元に仕舞い、『青蛾堂』を出た。

「追いますか……」

由松は、幸吉の指示を仰いだ。

「頼む……」

幸吉は頷いた。

由松は、出掛けて行くおふみを追った。

幸吉と勇次は、引き続いて『青蛾堂』を見張り続けた。

日本橋の通りには、人々が賑やかに行き交っていた。

おふみは、日本橋の通りを横切って尚も進み、外濠の常盤橋御門前に出た。そして、外濠沿いの道を竜閑橋に向かった。

昨夜、清三郎が通った道筋……。

由松は追った。

おふみは、竜閑橋を渡って鎌倉河岸《かまくらがし》に出た。そして、鎌倉河岸に面した鎌倉町にある油問屋に入った。

由松は見届けた。

おふみは油問屋に何しに来たのか……。

油問屋には、古道具に興味を持っている者がいるのか……。

由松は、思いを巡らせた。


西堀留川に櫓《ろ》の軋《きし》みが響いた。

幸吉と勇次は、西堀留川を眺めた。

猪牙舟《ちょきぶね》が、大店の旦那と手代らしき男を乗せてやって来た。

幸吉と勇次は、雲母橋の欄干に身を潜めた。

猪牙舟は、雲母橋の船着場に船縁《ふなべり》を寄せた。

大店の旦那は、船着場に降りた。

手代が荷物を抱えて続いた。
幸吉と勇次は、雲母橋の欄干の陰から見守った。
旦那と荷物を背負った手代は、船着場から古道具屋『青蛾堂』に入って行った。
「幸吉の兄貴……」
「ああ……」
幸吉は、厳しい眼差しで『青蛾堂』の薄暗い店内を窺った。
清三郎が、旦那と手代を帳場に迎えて茶を淹れていた。
手代は、荷物を解いて中から様々な品物を取り出していた。
旦那と手代は、古道具を売りに来たのだ。
幸吉は、事態を読んだ。
旦那は、品物を一つひとつ手に取って清三郎に何事かを説明していた。
清三郎は、真剣な面持ちで旦那の話を聞いていた。
旦那は、清三郎に品物の謂《いわ》れを説明している。
幸吉は睨んだ。
「何者なんですかね、あの旦那……」
勇次は眉をひそめた。

「勇次、あの旦那の人相風体、良く覚えておくんだぜ」

幸吉は、薄暗い店内にいる旦那を見詰めた。

「はい……」

大店の旦那らしき男は、白髪混じりの頭で背が低く小肥りだった。

まさか……。

幸吉は、旦那の人相風体が気になった。

僅かな時が過ぎ、大店の旦那と手代が帳場から立ち上がった。

帰る……。

「勇次……」

幸吉は、勇次を促して船着場に降りた。

船着場には、旦那と手代が乗って来た猪牙舟が待っていた。

幸吉と勇次は、奥に繋いであった猪牙舟に乗った。

「荒布橋《あらめ》だ……」

幸吉は、勇次に囁いた。

勇次は頷き、猪牙舟を西堀留川に進めて荒布橋に向かった。

荒布橋は、西堀留川が日本橋川に流れ込む処に架かっている橋だ。

西堀留川は雲母橋の先で行き止まりであり、何処に行くにしても日本橋川に出るしかない。

幸吉は睨み、怪しまれないように先廻りをしたのだった。

勇次が、猪牙舟を荒布橋の船着場に寄せて暫《しば》く経った頃、西堀留川から櫓の軋みが近付いて来た。

旦那と手代を乗せた猪牙舟だった。

「勇次、行き先を突き止める」

「承知……」

勇次は、猪牙舟を日本橋川に出して江戸橋の下に止めた。

日本橋川には、荷船や猪牙舟が行き交っていた。

旦那と手代を乗せた猪牙舟は、日本橋川に出て流れに乗って下り始めた。

勇次は、幸吉を乗せた猪牙舟をゆっくりと出した。

旦那と手代を乗せた猪牙舟は、鎧《よろい》ノ渡《わたし》を過ぎて行徳《ぎようとく》河岸に進んだ。

勇次は、行き交う船の間を巧みに抜けて旦那と手代を乗せた猪牙舟を追った。

和馬は、久助を連れて雲母橋にやって来た。

「旦那、もう勘弁してくださいよ」

久助は泣きを入れた。

和馬は、久助を連れて伊勢町におゆきを捜し歩いていた。

「そうはいかない……」

和馬は、雲母橋界隈に古道具屋『青蛾堂』を見張っている筈の幸吉たちを捜した。だが、幸吉たちの姿は見えなかった。

「あっ……」

久助は、素っ頓狂《すっとんきょう》な声をあげた。

「どうした……」

和馬は、久助の視線の先を追った。

久助は、日本橋の通りから来る年増女を驚いたように見詰めていた。

「久助……」

和馬は眉をひそめた。

「へい。おゆきです……」

久助は、年増女を見詰めて頷いた。

おゆきだと云う年増女は、古道具屋『青蛾堂』に入って行った。

「旦那……」

おふみを尾行ていた由松が、日本橋の通りから駆け寄って来た。

「おう。今の年増女を追って来たのか……」

「はい。青蛾堂の女房のおふみです」

「おふみ……」

久助は戸惑った。

「ああ……」

由松は頷いた。

「どうやら、おふみがおゆきだったようだ」

和馬は睨んだ。

「おふみがおゆき……」

由松は眉をひそめた。

盗賊・木菟の万蔵一味のおゆきは、古道具屋『青蛾堂』の女房のおふみだった。

「うん……」

「そうでしたか。で、幸吉の兄貴たちは……」

「そいつがいないんだな」

和馬は辺りを見廻した。

「いない……」

由松は、古道具屋『青蛾堂』の薄暗い店内を透かし見た。

帳場に清三郎の姿が見えた。

幸吉と勇次は、清三郎以外の誰かを追って行ったのかもしれない。

由松は睨んだ。

「旦那……」

久助が、和馬に縋《すが》るような眼を向けた。

「うん。御苦労だったな、久助。此の事は他言無用だ。もし、喋るなら磔獄門を覚悟してからにするんだな」

和馬は脅した。

「へい。そいつは重々承知しております」

「よし。じゃあ行くが良い」

「じゃあ旦那、兄い。御免なすって……」

久助は和馬と由松に頭を下げ、日本橋の通りに逃げるように立ち去った。

和馬は、苦笑して見送った。

「旦那、おふみが木菟の万蔵一味だとしたら、亭主の清三郎も一味とみて間違いないでしょうね」

由松は読んだ。

「きっとな……」

和馬と由松は、古道具屋『青蛾堂』を見張った。

神田川に架かる和泉橋《いずみばし》を渡った平吉は、玉池稲荷《たまいけいなり》や小伝馬町《こでんまちよう》の牢屋敷の傍を抜けて南に進んだ。

このまま進めば、古道具屋『青蛾堂』のある西堀留川に出る。

平吉は『青蛾堂』に行く……。

雲海坊は睨んだ。

平吉は、西堀留川に近付くにつれて俯《うつむ》き加減になり、足取りは次第に重くなった。

雲海坊は、平吉の気持ちを読もうとした。

平吉は、俯き加減で西堀留川沿いの道に出た。その時、羽織袴《はかま》の中年武士とぶつかった。

中年武士は、大きくよろめいて無様に尻餅をついた。

「ぶ、無礼者……」

中年武士は怒鳴り、刀の柄《つか》を握り締めた。

「お許しを。どうかお許しを……」

平吉は驚き、慌てて土下座して謝った。

行き交う人々が、驚いて中年武士と平吉を取り囲んだ。

「おのれ下郎、許さぬ。手討ちにしてくれる」

中年武士は、無様に尻餅をついたのを恥じて引き下がれなくなり、刀を抜き払った。

刹那、雲海坊が飛び出して来て錫杖《しやくじよう》で中年武士を突き飛ばした。

中年武士は、悲鳴をあげて西堀留川に落ちた。

水飛沫《みずしぶき》が派手に舞い上がった。

「逃げるぜ」

雲海坊は、平吉を促して逃げた。

雲海坊と平吉は、西堀留川沿いの道を逃げて中ノ橋に差し掛かった。

雲海坊は、中年武士が追って来ないのを見定めて中ノ橋の袂に立ち止まった。

平吉は、中ノ橋の欄干に摑まって苦しく息を鳴らした。

「大丈夫か、捨坊……」

雲海坊は、不意に子供の頃の名で呼んだ。

「えっ……」

平吉は、驚きと戸惑いに満ちた顔を雲海坊に向けた。

「俺だよ」

雲海坊は、饅頭笠を取って笑って見せた。

「お坊さま……」

平吉は、怯えと戸惑いに喉を震わせた。

「俺だ。捨坊、彦坊《ひこぼう》だ」

雲海坊は、信濃の寺での呼び名を告げた。

「彦坊……」

平吉は、眉をひそめて雲海坊を見詰めた。

「ああ……」

雲海坊は笑顔で頷いた。

「そうか、彦坊か……」

平吉の、戸惑いと怯えの滲んでいた眼に懐かしさが溢れた。

雲海坊の本名は彦六と云い、信濃の寺では彦坊と呼ばれていた。

「尤《もっと》も、今は托鉢坊主の雲海坊だがな」

「雲海坊……」

平吉は、雲海坊の姿を見て微かな笑みを浮かべた。

「捨坊、俺が寺から逃げ出した後、お前はどうしたんだ」

「彦坊が逃げ出した後、俺もみんなと逃げ出し、いろいろな事をして来た。他人《ひと》様《さま》にも云えないような真似もな」

平吉は、探るように雲海坊を見詰めた。

「そいつは俺も同じだ……」

雲海坊は苦笑した。

「で、袋物師の平吉になったのか……」

雲海坊は、いきなり問い質《ただ》した。

「彦坊……」

平吉は、雲海坊が偶然現われたのではない事に気付き、顔を強張《こわば》らせた。

「平吉。お前、昨夜、どうして青蛾堂の清三郎を殺そうとしたんだ」

「えっ……」

平吉に恐怖が過ぎった。

「おふみの為か……」

「彦坊、お前、まさか……」

平吉は、声を微かに震わせた。

「平吉、俺は今、柳橋の弥平次って岡っ引の親分の身内でな」

「岡っ引の親分の身内……」

平吉は驚き、眼を瞠《みは》った。

「ああ。平吉、お前が入谷の梅の木長屋に住んでいる袋物師で、伊勢町の古道具屋青蛾堂の女房おふみと不義を働き、亭主の清三郎を殺そうとしたのは分かっているんだぜ……」

雲海坊は、誤魔化しても逃げ隠れしても無駄な事を教えた。

「ひ、彦坊……」

平吉は、声を震わせた。

「平吉、決して悪いようにはしない。黙って俺に付き合うんだな」

雲海坊は厳しく告げた。

平吉は項垂《うなだ》れた。


日本橋川を下り、行徳河岸を東に曲がると大川の三ツ俣《みつまた》に出る。三ツ俣を抜けて新大橋の下を進んで大川を横切ると深川になり、小名木川《おなぎ》がある。

背の低い小肥りの旦那と手代を乗せた猪牙舟は小名木川に入り、横川との交わりを抜けて尚も進んだ。

幸吉を乗せた勇次の猪牙舟は、一定の距離を保って追った。

旦那と手代を乗せた猪牙舟は、横十間川《よこじっけん》を北に曲がり大島橋を潜った。

「横十間川だ……」

「何処迄行くんですかね」

勇次は、猪牙舟の船足を速めた。

旦那と手代を乗せた猪牙舟は、横十間川を進んで本所竪川《ほんじよたて》を横切った。

「行き先、亀戸《かめいど》の方ですかね」

勇次は、横十間川の先にある亀戸天神を思い浮かべた。

「うん……」

幸吉は猪牙舟の舳先《へさき》に座り、前を行く旦那や手代の乗る猪牙舟を見据えていた。

旦那と手代の乗った猪牙舟は、亀戸天神前にある天神橋の船着場に船縁を寄せた。

「勇次……」

「天神橋の船着場ですぜ」

勇次は、猪牙舟の船足を上げた。

旦那と手代は、横十間川に架かる天神橋の船着場に降りた。

勇次は、旦那と手代が往来に上がるのを見計らって猪牙舟を船着場に進めた。

幸吉は、船着場に素早く降りて往来に駆け上がった。

旦那と手代は、亀戸天神門前の仕舞屋《しもたや》に入った。

幸吉は見届けた。

「幸吉の兄貴……」

勇次が、猪牙舟を船着場に繋いで来た。

「あの仕舞屋だ」

幸吉は仕舞屋を示した。

「聞き込みを掛けますか……」

「ああ……」

幸吉と勇次は、仕舞屋にどんな者たちが住んでいるのか聞き込みを始めた。


大川を吹き抜ける風は、陽が西に傾き始めてから冷たくなった。

雲海坊は、平吉を柳橋の船宿『笹舟』に連れて行き、弥平次に引き合わせた。

弥平次は、久蔵の許に使いを走らせた。

平吉は、『笹舟』の座敷の隅で暗い眼をして身を固くしていた。

子供の頃と変わらない……。

雲海坊は苦笑した。

「平吉、お前の知っている事、何もかも正直に話せば、決して悪いようにはならない。そいつは俺が折紙を付ける。信用してくれ」

「彦坊……」

平吉は、雲海坊が彦坊と呼ばれた子供の頃、乱暴だが正義感の強い優しい心根の持ち主だったのを思い出した。

「おう。待たせたな……」

久蔵が、弥平次と一緒に入って来た。

平吉は、不意に入って来た着流しの武士に緊張と怯えを浮かべた。

「秋山さま、こっちがあっしの幼馴染みの平吉です」

雲海坊は、久蔵に平吉を引き合わせた。

「おう。お前が信濃の寺で雲海坊と一緒に住職に苛《いじ》められた捨坊か。俺は南町奉行所与力の秋山久蔵だ」

久蔵は、平吉に親しげな笑顔を向けた。

「へ、平吉にございます」

平吉は、久蔵の笑顔に戸惑った。

「それで平吉。青蛾堂のおふみは、盗賊・木菟の万蔵の一味なのだな」

「は、はい。ですが、おふみは足を洗いたいと願っております。それで、万蔵はおふみを無理矢理に青蛾堂の清三郎の女房に。おふみは嫌がりました。でも、万蔵は許さず……」

「おふみは、清三郎の女房になるしかなかったか……」

「はい……」

平吉は、悔しさを過ぎらせた。

「で、その清三郎、窩主買かい」

「はい。木菟の万蔵とは兄弟分だそうです」

古道具屋『青蛾堂』清三郎は、盗賊・木菟の万蔵と義兄弟であり、盗品を売買する窩主買だった。

「で、木菟の万蔵、何処に潜んでいるか知っているか……」

「いいえ。そこ迄は……」

平吉は、首を横に振った。

「じゃあ、人相風体はどんな野郎だ」

「背が低くて小肥りで、木菟のような……」

「そうか。良く分かったぜ」

久蔵は微笑んだ。

平吉は、久蔵の嵩《かさ》に掛からない態度に少なからず困惑した。

「処で平吉、お前、昨夜、青蛾堂の清三郎を襲い、返り討ちになり掛けたそうだが、そいつはおふみの為か……」

久蔵は、厳しさを過ぎらせた。

「はい。秋山さま、あっしは信濃の寺を逃げ出してから、食う為に物乞いやこそ泥の手伝いもしました。その時の孤児仲間におふみもいたんです。あっしたちは売られたり買われたりして散り散りになり、あっしは幸いな事に袋物師の親方に拾われ、どうにか一人前になりました。そして、おふみに出逢ったのですが……」

平吉は、哀しげに眉をひそめた。

「おふみは、盗賊の一味になっていたか……」

久蔵は睨んだ。

「はい。木菟の万蔵の一味に。ですが、おふみは足を洗いたがっていました。足を洗って真っ当に暮らしたいと万蔵に頼みました。ですが万蔵は、予《かね》てからおふみに眼を付けていた兄弟分の清三郎に……」

平吉は、悔しげに俯いた。

「それで、おふみを自由の身にしたくて、清三郎の命を狙ったのか……」

久蔵は読んだ。

「はい……」

平吉は項垂れた。

「秋山さま……」

雲海坊は、久蔵に縋る眼差しを向けた。

「心配するな雲海坊。清三郎は襲われたと訴え出ちゃあいねえ」

「はい……」

「それに、俺たちの獲物は、盗賊の木菟の万蔵と盗品を売り捌《さば》く窩主買だ」

「じゃあ……」

雲海坊は顔を綻《ほころ》ばした。

「ああ。平吉、これ以上、余計な真似はしねえ事だ。いいな」

久蔵は言い聞かせた。

「は、はい……」

「忝《かたじけ》のうございます、秋山さま。良かったな捨坊。いや、平吉……」

雲海坊は喜んだ。

「彦坊……」

平吉は、雲海坊に感謝の眼差しを向けた。

「お父っつぁん、勇次さんです」

養女のお糸《いと》が、廊下から声を掛けてきた。

「ああ。通しな」

弥平次は命じた。

お糸が襖《ふすま》を開けると、勇次が勢い込んで入って来た。

「御免なすって。こりゃあ秋山さま……」

勇次は、久蔵に挨拶をした。

「どうした勇次……」

弥平次は尋ねた。

「はい。青蛾堂に木菟の万蔵らしい男が現われましてね。行き先を突き止めて、幸吉の兄貴が見張っています」

「何処だ」

「亀戸天神門前の仕舞屋に……」

「秋山さま……」

弥平次は、久蔵の指示を仰いだ。

「うむ。御苦労だったな勇次。柳橋の、清三郎と木菟の万蔵らしい男を押さえるぜ」

久蔵は命じた。

西堀留川の澱《よど》みには枯葉が溜り、夕陽を浴びて揺れていた。

雲海坊は、和馬に久蔵の指示を伝えた。

和馬は雲海坊や由松を従え、古道具屋『青蛾堂』に踏み込んだ。

清三郎は抗った。

和馬に容赦はなかった。

清三郎は、和馬に叩きのめされてお縄になった。そして、木菟の万蔵が持ち込んだ品物は押収された。

和馬たちは、清三郎を引き立て、押収した物を持って立ち去った。

まるで野分《のわき》が吹き抜けたようだ……。

おふみは、呆然《ぼうぜん》と立ち尽くした。

「おふみ……」

店土間に平吉が現われた。

「平吉さん……」

おふみは、平吉を見詰めて涙ぐんだ。

「もう終わった。さあ、こんな処から早く出て行こう……」

平吉は微笑んだ。

亀戸天神門前は、夕暮れ時の薄暗さに覆われた。

秋山久蔵は、弥平次と共に勇次の猪牙舟で横十間川に架かる天神橋の船着場に降りた。

見張っていた幸吉が、久蔵と弥平次に気付いて駆け寄った。

「どうだ」

「はい。白髪混じりの旦那風の男がおりましてね。おそらくそいつが木菟の万蔵かと……」

幸吉は睨んだ。

「そいつは、背が低くて小肥りか……」

久蔵は眉をひそめた。

「はい……」

幸吉は頷いた。

「平吉が云った人相風体と同じだな」

「ええ。幸吉の睨みに間違いないでしょう」

弥平次は頷いた。

「うむ。よし、仕舞屋にいる人数は……」

「万蔵と若い妾《めかけ》。二人の若い野郎と用心棒の浪人が一人、それに下働きの爺さんと婆さん夫婦の〆て七人です」

「若い妾と爺さんと婆さんを外すと四人だな」

「はい……」

「よし、間もなく和馬たちが、清三郎を大番屋に叩き込んで来る筈だ」

和馬、雲海坊、由松が来れば、久蔵たちも七人だ。

久蔵は、和馬たちが来るのを待って踏み込む事に決めた。

「心得ました。幸吉、勇次、裏を見張れ」

弥平次は命じた。

「承知……」

幸吉と勇次は、仕舞屋の裏手に廻った。

久蔵は、弥平次と天神橋の袂から仕舞屋の表を見張った。

仕舞屋に出入りする者はいなかった。

半刻（一時間）が過ぎ、仕舞屋は夜の帳《とばり》に包まれた。

和馬が、雲海坊や由松と駆け付けて来た。

「秋山さま。清三郎が、木菟の万蔵は亀戸天神門前の仕舞屋にいると吐きました」

和馬は久蔵に報せた。

「睨み通りだな……」

久蔵は笑った。

「どうします」

「仕舞屋には万蔵と妾、手下の盗人が二人に浪人が一人。後は下働きの爺さんと婆さん夫婦の七人。お前は裏にいる幸吉や勇次と一緒に先に踏み込め。俺は柳橋たちと表から行く」

「心得ました。では……」

和馬は、巻羽織を脱ぎ棄てて着物の尻を端折《はしょ》り、刀の下げ緒で襷《たすき》をして裏手に走った。

久蔵は、弥平次、雲海坊、由松と和馬たちが踏み込むのを待った。

僅かな時が過ぎ、仕舞屋に激しい物音と怒号があがった。

和馬、幸吉、勇次が踏み込んだのだ。

「行くぜ」
　久蔵は命じた。
　雲海坊が錫杖で木戸を叩き壊し、由松が格子戸《こうしど》を蹴破った。
仕舞屋の中では、既に和馬、幸吉、勇次が二人の盗人と闘っていた。そして、
白髪混じりの木菟の万蔵が、用心棒の浪人に護《まも》られて格子戸に逃げて来た。
「退《ど》け、退け……」
浪人は怒号をあげて、刀を振り廻した。
久蔵は、刀を抜き打ちに一閃《いっせん》した。
甲高い金属音が鳴り、火花が散った。
浪人の刀が打ち払われて飛び、天井に突き刺さって胴震いした。
浪人は怯《ひる》んだ。
久蔵は、怯んだ浪人の首筋に峰を返した刀を鋭く叩き込んだ。
浪人は呻《うめ》き、顔を苦しげに歪めて崩れた。
雲海坊と由松が、倒れた浪人に襲い掛かって捕り縄を打った。
万蔵は立ち竦《すく》んだ。
「木菟の万蔵だな……」

久蔵は、木菟の万蔵に嘲笑を浴びせた。

「手前……」

万蔵は、匕首を抜いて構えた。

「年貢の納め時だぜ」

久蔵は、万蔵の匕首を叩き落とし、無造作に殴り飛ばした。

殴られた万蔵は、壁に激突して仕舞屋を揺らして倒れた。

弥平次と由松が、倒れた万蔵に縄を打った。

和馬と勇次は、二人の手下の盗人を捕らえていた。そして、幸吉が若い妾と下働きの老夫婦を捕り押えていた。

「造作を掛けやがって……」

久蔵は笑った。

盗賊・木菟の万蔵一味は壊滅した。

盗賊・木菟の万蔵と窩主買の『青蛾堂』清三郎は、大番屋に繋がれて久蔵の厳しい詮議を受けた。

久蔵は、万蔵と清三郎を容赦なく責めた。

万蔵と清三郎は、久蔵の容赦のない厳しい責めに屈した。

万蔵は、茶道具屋『薫風堂』に押し込んで金の他に象牙の棗と茶匙を盗み取り、窩主買の清三郎に渡したのを自供した。

清三郎は、象牙の棗と茶匙を御数寄屋坊主の宗方道春の仲介で旗本の相良監物に売り捌いた事を認めた。そして、旗本の相良監物が自分との拘わりを辿《たど》られないように、仲介人の宗方道春を殺し、口を封じたのだと証言した。

御数寄屋坊主の宗方道春夫婦を殺したのは、やはり旗本相良監物の二人の家来なのだ。

旗本・相良監物は、秋山久蔵の訪問に不気味さを覚えた。

「何用だ……」

「窩主買の青蛾堂清三郎をお縄にしましてね」

「なに……」

相良は、思わず喉を鳴らした。

「それで清三郎、盗品の象牙の棗と茶匙、御数寄屋坊主の宗方道春の仲介でお前さんに売り捌いたと白状した……」

久蔵は、薄笑いを浮かべた。

薄笑いには、蔑みと侮りが浮かんでいた。

「あ、秋山……」

相良は、己の声が嗄《しやが》れて微かに震えているのに気が付いた。

「そしてお前さんは、己と窩主買の清三郎の繋がりを消す為、仲介人の宗方道春を二人の家来に殺させ、口を封じた」

「黙れ秋山……」

相良は焦り、嗄れ声を激しく震わせた。

「俺が黙っても、清三郎は黙らねえぜ」

久蔵は、相良を厳しく見据えた。

「なに……」

「宗方道春殺しは、既に目付が探索を始めている。宗方と窩主買の清三郎の拘わりが知れるのも間もなくだ。そうなりゃあ目付は、お前さんと宗方道春、清三郎との繋がりを知る。尤も町方の衆の間には、とっくに噂が広まっているがな」

相良は、恐怖に顔色を変えて言葉を失った。

「目付が出張って来るのは間もなくだ。出来るものなら己の馬鹿な不始末は、己で片を付けるんだな。さもなきゃあ、三河以来の旗本相良家もこれ迄だぜ」

久蔵は、嘲笑を浮かべた。

相良は項垂れた。


若宮八幡宮前の新坂には、冷たい風が吹きあがっていた。

相良屋敷を出た久蔵は、塗笠を目深に被って新坂を降り、神田川沿いの道に出た。

相良監物がどうするか分からない。しかし、何もせずに手を拱《こまね》いていると相良家は取り潰しになるのは必定《ひつじょう》だ。

相良家は、主の監物が腹を切り、宗方道春を斬った二人の家来を自訴させない限り、救われはしない。

久蔵は、風に吹かれながら神田川沿いの道を進んだ。

牛込御門前に佇んでいた雲海坊が、久蔵の背後に付いた。

「秋山さま……」

「どうした……」

久蔵と雲海坊は、歩きながら言葉を交した。

「平吉とおふみ、入谷の長屋にも何処にもおりません」

あの日以来、雲海坊は姿を消した平吉とおふみを捜し廻っていた。

「江戸を出たか……」

久蔵は眺んだ。

「きっと……」

雲海坊は頷いた。

平吉とおふみは、江戸を出て自分たちの昔を知る者のいない土地に行ったのだ。

「いいじゃあねえか、何処に行っても。幸せにさえなってくれりゃあ……」

「秋山さま……」

雲海坊は、先を行く久蔵を感謝の眼で見詰めた。

「彦坊に捨坊か……」

「えっ……」

「生きていりゃあ、又いつか何処かでばったり逢えるさ……」

久蔵は笑った。

神田川を吹き抜ける風は、秋祭りも終わって日毎に冷たくなっていく。

## 第二話

# 割り符

# 一

神無月《かんなづき》――十月。

八百万《やおよろず》の神が出雲大社《いずもたいしゃ》に集まり、諸国からいなくなる月。出雲国では神在月《かみありづき》と称された。

八丁堀岡崎町《はっちょうぼりおかざきちょう》の秋山屋敷の門前は、老下男の与平《よへい》によって綺麗に掃き清められていた。

下男の太市《たいち》は、表門前に出て来て心配げに辺りを見廻した。

与平と大助《だいすけ》の姿は、何処にも見えなかった。

遅いな……。

太市は眉をひそめた。

与平は、大助を連れて朝の散歩に行ったまま未だ帰って来ていなかった。

何かあったのかな……。

太市の心配は募った。

大助は、誕生日が過ぎて歩けるようになり、眼を離すと何処にでも行って仕舞った。

与平は、そんな大助を見失い、捜し廻っているのかもしれない。

太市が様々な場合を考えている時、組屋敷の間の路地から大助が現われた。

「大助さま……」

太市は、大助の許に駆け寄って抱き上げた。

大助の傍に与平はいなかった。

「大助さま、じいじはどうしました」

太市は、不吉な予感に襲われた。

「じいじ、じいじ……」

大助は、路地の奥を見ながら叫んだ。

路地の奥で与平の身に何かあった。

太市はそう思い、大助を抱いて路地の奥に急いだ。

路地の奥には小さな空地があり、古い地蔵尊があった。そして、古い地蔵尊に寄り掛かるように与平が倒れていた。

「与平さん……」

太市は、大助を降ろして倒れている与平の様子を見た。

与平は気を失い、苦しげに息を鳴らしていた。

「しっかりして下さい。与平さん……」

太市は、与平を背負って左手で押さえ、右手で大助の小さな手を摑んだ。

「じいじ……」

大助は、太市に背負われた与平を見上げた。

「さあ、大助さま。じいじと一緒にお屋敷に帰るんですよ」

太市は与平を背負い、大助を連れて秋山屋敷に急いだ。

軽い……。

太市は、背負った与平の軽さに戸惑った。

与平は微かに呻いた。

香織《かおり》は、南に向いた座敷に蒲団《ふとん》を敷いて与平を寝かせた。

「奥さま、弦石《げんせき》先生を呼んで来ます」

「お願いします」

太市は、香織と共に与平を寝かせて近所の医者を呼びに走った。

お福《ふく》は、与平を寝かせた座敷の敷居際に呆然とした面持ちでへたり込んでいた。

そして、大助がお福の膝に座っていた。

「お前さん……」

お福は、眠る与平を見詰めて涙を零《こぼ》した。

「お福、私は水を汲んで来ます。しっかりするのですよ」

「はい……」

香織は、お福と大助を残して台所に去った。

「お前さん……」

お福は涙を零した。

「ばあば……」

大助は、お福の手を握った。

「大助さま……」

お福は膝の上の大助を抱き締め、肥った身体を揺らして泣き出した。

南町奉行所吟味方与力の秋山久蔵は、用部屋脇の庭の濡縁《ぬれえん》に出た。

庭先には太市が来ていた。

「どうした……」

久蔵は、太市に笑顔を向けた。

「旦那さま、与平さんが倒れました」

「なんだと……」

久蔵は眉をひそめた。

「大助さまと散歩に行き、路地奥のお地蔵さまの傍で……」

「で、具合は……」

「弦石先生に手当てをして貰い、気は取り戻しました」

「そうか。で、何の病だ」

「それが、弦石先生は良く分からないと……」

「良く分からない……」

「はい。それで奥さまが、養生所の小川良哲《おがわりようてつ》先生に診《み》ては貰えないかと……」

太市は告げた。

「そうだな。よし、良哲先生には俺が往診を頼んでみる。太市は屋敷に戻ってくれ」

「はい」

「それにしても、お地蔵さんの傍で倒れた与平を良く見つけたな」

「それが旦那さま。大助さまが報せてくれたのです」

「まさか……」

久蔵は苦笑した。

「いいえ。本当です」

太市は、真顔で云い切った。

今は揉めている時ではなく、屋敷では何かと太市の力がいる筈だ。

「そうか。まあ、いい。早く戻るのだ」

「はい。では……」

太市は立ち去った。

与平が倒れた……。

「与平……」

久蔵は、父の代から秋山家の為に働いて来た与平に思いを馳せた。

小石川養生所の肝煎《きもいり》で本道医の小川良哲は、久蔵の頼みを受けて秋山屋敷に駆け付けて来た。

与平は、落ち着きを取り戻し、具合は大分良くなっていた。

「こりゃあ良哲先生……」

与平は、身を起そうとした。

「やあ、与平さん。そのままそのまま。どうです具合は……」

「へい。急に胸が苦しくなっちまって、今は治まりましたが……」

「胸がね。ちょいと診せて貰うぞ……」

「はい……」

良哲は、与平の診察を始めた。

与平の肋骨の浮き出た痩せた胸は、大きく上下していた。

お福は、香織と共に良哲の診察を見守った。

良哲は、念入りに診察を続けた。

お福は、怯えを滲ませて見守った。

「うん。弦石先生の手当てのお陰で落ち着いたようだね。与平さん……」

良哲は、診察を終えて手水盥の水で手を洗った。

「如何でしょうか……」

お福は、恐る恐る尋ねた。

「歳だよ、歳。歳を取って身体のいろいろな処が古くなり、急におかしくなった。ま、そんな処だね」

「そうですか。悪い病じゃあないのですね」

お福は、安心した面持ちで念を押した。

「うん。今日のような事は、これからもきっとある。だから、煎じ薬を置いて行くが、日頃から節制し、滋養のある物を食べて身体に力を付けるんだね」

「はい。良かったね、お前さん」

お福は、与平に話し掛けた。

「う、うん……」

与平は、呻くように返事をした。

「では、良哲先生、お茶を……」

香織は、良哲を促した。

「はい。畏《おそ》れいります」

「では、お福……」

「はい。良哲先生、ありがとうございました」

「御足労をお掛けしました」

お福と与平は、良哲に礼を述べた。

「どうぞ……」

香織は、良哲に茶を差し出した。

「頂きます」

良哲は茶を飲んだ。

「それで良哲先生、与平の容体は……」

「それなのですが、歳を取ったのは勿論《もちろん》ですが、与平さんの肺の腑、かなり傷んで悪くなっております」

良哲は、厳しさを過ぎらせた。

「肺の腑ですか……」

香織は眉をひそめた。

「はい」

「治らないのですか……」

「最早《もはや》……」

良哲は、残念そうに頷いた。

「そんな……」

香織の顔から血の気が引いた。

「与平さん、歳は六十五でしたね」

「左様にございますが……」

「ならば、薬湯を飲み、滋養のある物を食べ、激しく動かず大事に暮らせば、肺の腑は七十歳迄は大丈夫でしょう」

「七十歳迄……」

「ええ……」

良哲は、笑みを浮かべて頷いた。

「分かりました。与平には何としてでも七十歳迄、元気でいて貰います」

香織は眼を輝かせた。

晩秋の日暮れは早い。

仕事を終えて帰宅した久蔵は、着替えもせずに与平の寝ている座敷に向かった。

座敷には薬湯の臭いが満ちていた。

「旦那さま……」

眠っている与平の枕元にいたお福が、慌てて身繕いをして久蔵を迎えた。

「どうだ、与平の様子は……」

久蔵は、鼾《いびき》を掻《か》いて眠っている与平を見詰めた。

「お陰さまで。奥さまや太市ちゃんを慌てさせた癖に、鼾を掻いて眠っていますよ」

お福は、気持ち良さそうに眠っている与平に微かな腹立たしさを滲ませた。

「そうか……」

久蔵は苦笑した。

「こりゃあ旦那さま……」

与平は、眼を覚して身を起そうとした。

「そのままだ。与平……」

久蔵は制した。

「は、はい。畏れいります。では、遠慮なく」

与平は、身を横たえた。

「どうだ、具合は……」

「お陰さまで大丈夫です」

「そいつは良かった。だが、無理はするな」

「はい。それより旦那さま。大助さまは本当に賢いですよ」

与平は、自慢げに告げた。

「大助が……」

「はい。じいじが倒れたと太市に報せてくれましてね。お陰さまで命拾いをしました」

「本当に大助さまは、与平の命の恩人ですよ」

お福は、嬉しげに笑った。

「ほう。そうなのか……」

久蔵は戸惑った。

「旦那さま。お亡くなりになった大旦那さまに旦那さま。そして大助さま。与平は秋山家の三代にわたって御奉公出来て幸せ者にございますよ」

与平は、沁み沁みとした面持ちで告げ、疲れたように眼を瞑《つむ》った。少ない白髪で結ばれた小さな髷《まげ》の下の顔には、幾本もの皺《しわ》が深く刻まれていた。

「与平……」

久蔵は、与平が歳を取ったのを思い知らされた。

香織は、久蔵の着替えの介添えをしながら良哲の見立てを告げた。

「そうか。長くて七十歳、後五年か……」

久蔵は、吐息を洩らした。

「はい。肺の腑が歳の所為《せい》でかなり悪くなっているとか……」

香織は、哀しげに眉を曇らせた。

「香織、俺は与平を七十歳以上、生かしてやりたい」

久蔵は、己に言い聞かせるように告げた。


両国広小路は、見世物小屋や露店が軒を連ねて賑わっていた。

大川に架かっている両国橋は本所と繋がっており、大勢の人が忙しく行き交っていた。そして、両国橋の西詰に並ぶ露店の端で雲海坊が托鉢をしていた。

探索がない時、雲海坊は托鉢で金を稼いでいた。

雲海坊は、広小路の賑わいを眺めながら経を読んでいた。

広小路は見物客や通行人で賑わっている。

雲海坊の視界の中に、大店の旦那とお供の手代、そして粋な形《なり》をした女が入って来た。
粋な形をした女は、大店の旦那と手代を追うように人混みに入って行った。
尾行ている……。
雲海坊は、粋な形をした女が大店の旦那を追っていると睨んだ。
僅かな時が過ぎ、粋な形をした女が人混みから両国橋に向かって来た。
次の瞬間、人混みから男の怒声があがった。
「掏摸《すり》だ。掏摸がいるぞ」
怒声をあげたのは、大店の旦那と手代だった。
掏摸……。
雲海坊は、両国橋を渡って行く粋な形をした女を振り返った。
粋な形をした女は、大店の旦那の怒声に振り返りもせずに両国橋を渡って行った。
粋な形をした女は掏摸……。
女掏摸は、おそらく大店の旦那から何かを掏摸盗ったのだ。
掏摸盗った物が何か、雲海坊には分からなかった。
見届けてやる……。

雲海坊は、粋な形をした女掏摸を追って両国橋を渡った。

本所竪川は大川と繋がり、下総《しもうさ》の中川と結んでいた。

粋な形をした女掏摸は、両国橋を渡って本所竪川に架かる一つ目之橋の袂に佇んだ。

雲海坊は、物陰から見守った。

女掏摸は、背後に追って来る者のいないのを見定め、懐から紙入れを取り出した。

紙入れは、おそらく大店の旦那から掏摸盗った物なのだ。

女掏摸は紙入れの中を調べ、一寸四方の薄い金属の板を摘《つま》み出した。

何だ……。

雲海坊は眉をひそめた。

女掏摸は、摘み出した小さな金板を胸元に仕舞い、金を抜き取った紙入れを竪川に投げ込んだ。

雲海坊は見届けた。

女掏摸は両国橋に戻った。

何処に行く……。

雲海坊は追った。

両国広小路の賑わいは相変わらずだった。

女掏摸は、両国広小路に戻って柳原通《やなぎわらどお》りに向かった。

雲海坊は尾行た。

「あの女、どうかしたのか……」

塗笠を被った着流しの武士が、背後から雲海坊に並んだ。

久蔵だった。

「秋山さま……」

「柳橋に用があって来たんだが……」

久蔵は塗笠を僅かにあげ、先を行く女掏摸を示した。

「女掏摸です」

「女掏摸……」

久蔵は眉をひそめた。

「ええ。両国広小路の人混みで大店の旦那から紙入れを掏摸盗り、小さな金の板と金を抜き取りましてね」

「小さな金の板……」

久蔵は、女掏摸の後ろ姿を見詰めた。

女掏摸は、新し橋《あたらばし》と和泉橋の袂を抜けて尚も進んでいた。

「はい。一寸四方の薄い金の板でして。そいつが、ちょいと気になりましてね」

雲海坊は、女掏摸の後ろ姿を見詰めて小さく笑った。

筋違御門の袂を過ぎた女掏摸は、神田川に架かる昌平橋を足早に渡った。

「よし。俺も付き合うぜ」

久蔵は、雲海坊と共に女掏摸を追った。

昌平橋を渡った女掏摸は、明神下の通りを不忍池《しのばずのいけ》に向かった。


不忍池の水面は、色とりどりの落葉に覆われていた。

女掏摸は、落葉の重なる畔《ほとり》の道を進んだ。

散策する者もいない畔には、茶店の小さな旗が翻っていた。

女掏摸は茶店に入った。

久蔵と雲海坊は、雑木林の中を進んで茶店の店内の見える処に急いだ。

茶店の中では、女掏摸が大店の旦那風の初老の男に小さな金板を渡していた。

女掏摸は、初老の旦那と短く言葉を交して茶店を出た。

茶店の奥から二人の浪人が現われ、初老の旦那と目配せをして女掏摸を追った。

初老の旦那は、薄笑いを浮かべて小さな薄い金板を見詰めた。

「秋山さま……」

「よし。女掏摸と浪人共は俺が追う。雲海坊は旦那をな……」

「心得ました」

雲海坊は頷いた。

久蔵は、雲海坊を残して女掏摸と浪人たちを追って行った。

雲海坊は久蔵を見送り、茶店で茶を飲んでいる初老の旦那を見張った。

初老の旦那は、茶店を出て不忍池の畔を下谷広小路に向かった。

雲海坊は追った。

枯葉が散った。

女掏摸は、不忍池の畔を進んだ。

二人の浪人は、一定の距離を取って女掏摸を追った。

女掏摸は、不忍池の畔から茅町《かやちよう》二丁目の角を越後《えちご》国高田藩江戸中屋敷の方に曲がろうとした。

二人の浪人は走り、女掏摸との距離を一気に詰めた。

女掏摸は、駆け寄る二人の浪人の気配に振り返った。

刹那、浪人の一人が、抜き打ちに女掏摸に斬り付けた。

女掏摸は、咄嗟に転ぶように身を投げ出して浪人の刀を躱《かわ》した。

二人目の浪人が、倒れた女掏摸に続いて斬り掛った。

刹那、塗笠が回転しながら飛来し、女掏摸に斬り掛かった浪人の顔に当った。

浪人たちは、驚き怯んだ。

久蔵が現われ、女掏摸に駆け寄って後ろ手に庇《かば》った。

「おのれ。邪魔する気か……」

浪人たちは焦り、熱《いき》り立った。

「女一人に二人掛かりで刀を振り廻すとはな」

久蔵は嘲笑した。

「あんたたち、誰に頼まれたんだい」

女掏摸は、腹立たしげに二人の浪人を睨み付けた。

「黙れ……」

二人の浪人は、遮るように女掏摸に斬り掛かった。

刹那、久蔵は二人の浪人に抜き打ちの一刀を閃《ひらめ》かせた。

二人の浪人の刀は、甲高い金属音を響かせて弾き飛ばされた。

二振りの刀は宙を舞って地面に落ち、安っぽい音を鳴らして転がった。

「死にてえのか……」

久蔵は凄んだ。

二人の浪人は、刀を拾って後退《あとずさ》りをし、身を翻して逃げた。

「怪我はねえか……」

久蔵は、女掏摸に笑い掛けた。

「ええ。お陰さまで助かりました。私はお蝶《ちょう》って云いましてね。旦那は……」

女掏摸はお蝶と名乗り、久蔵に探る眼差《まなざ》しを向けた。

「お蝶か、俺は青山《あおやま》久蔵って者だ」

久蔵は、偽名を名乗った。

「青山久蔵の旦那ですか……」

「ああ。あの浪人共、どうしてお前の命を狙ったんだ」

「旦那……」

「身に覚えがないとは云わせねえぜ」

久蔵は苦笑した。

「如何ですか、旦那。何処かで一杯……」

お蝶は、微笑みながら久蔵を誘った。

「いいだろう……」

久蔵は、お蝶が初老の旦那に渡した一寸四方の薄い金の板が何か知りたかった。

二

浅草広小路は賑わっていた。

初老の旦那は、不忍池の畔から下谷に抜けて新寺町《しんてらまち》の通りから浅草に入った。

雲海坊は、人混みに紛れて尾行た。

初老の旦那は、東本願寺《ひがしほんがんじ》前から浅草広小路の賑わいを進んだ。そして、大川に架かっている吾妻《あづま》橋の手前の道を北に曲がり、花川戸町に入った。

雲海坊は追った。

初老の旦那は、花川戸町の往来を進んだ。

連なる店の一軒の前で、小僧が掃除をしていた。

小僧は、初老の旦那に気付いて掃除の手を止めた。

「あっ。お帰りなさいませ、旦那さま……」

小僧は、初老の旦那に頭を下げて迎えた。

「うむ……」

「旦那さまのお帰りです」

小僧は店の中に叫んだ。

初老の旦那は、小僧が掃除をしていた店に入った。

店には、廻船問屋『湊屋《みなとや》』の看板が掲げられていた。

廻船問屋『湊屋』……。

初老の旦那は、廻船問屋『湊屋』の主なのだ。

雲海坊は、花川戸町の木戸番に急いだ。

小料理屋の座敷から不忍池が見えた。

「さあ、どうぞ、青山の旦那……」

お蝶は微笑み、久蔵に徳利を差し出した。

「ああ……」

久蔵は、猪口を差し出した。

お蝶は、久蔵の猪口に酒を満たした。

久蔵は、お蝶から徳利を取って差し出した。

「あら。すみませんねえ……」

お蝶は、嬉しげに笑った。

久蔵は、お蝶の猪口に酒を満たしてやった。

「じゃあな……」

「はい。じゃあ……」

久蔵とお蝶は、酒の満ちた猪口を掲げて飲んだ。

「ああ、美味《おい》しい……」

お蝶は吐息を洩らした。

「で、あの浪人共は……」

久蔵は、己の猪口に手酌で酒を満たした。

「旦那、私、他人さまには云えない稼業をしていましてね」

お蝶は、掏摸であるのを隠した。

「他人に云えぬ稼業か……」

「ええ。それで、きっと恨みを買ったんですよ」

お蝶は苦笑した。

「それで、恨んだ奴が浪人共にお蝶を襲わせたか……」

「きっと……」

「そうか……」

「旦那、浪人さんですか……」

お蝶は、久蔵に探るような眼を向けた。

「いや、違う」

「じゃあ……」

「小普請組《こぶしん》の御家人って奴だ……」

久蔵は苦笑した。

「やっぱりね」

お蝶は、久蔵の着物を見て浪人ではないと睨んでいた。

「御家人がどうかしたか……」

「ねえ、旦那。小普請組ってのは、お役目に就いていなくて暇なんですよね」

「ああ……」

「じゃあ、お願いがあるんですけど……」

「お願い……」

「ええ。明日、私の用心棒になっちゃあくれませんか……」

お蝶は、艶然《えんぜん》と微笑んだ。

「用心棒……」

久蔵は戸惑った。

「ええ。お礼は一分。如何ですか……」

「危ない真似をするのか……」

久蔵は眉をひそめた。

「さあ。どうなるかは、やってみなけりゃあ分かりませんよ」

お蝶は、その眼を悪戯《いたずら》っぽく輝かせて久蔵の猪口に酒を注いだ。

お蝶は、襲った浪人共の雇い主が初老の旦那だと気が付いている。そして、それは一寸四方の薄い金の板と拘わりがあるのだ。久蔵を用心棒に雇うのは、初老の旦那に対して何かを企てているからだ。

久蔵は睨んだ。

「面白い、引き受けよう……」

久蔵は酒を飲んだ。

廻船問屋とは、廻船と荷送人との間に立って貨物運送の取次をする店だ。

廻船問屋『湊屋』の主は文左衛門《ぶんざえもん》と云う名であり、一代で店を築いた遣り手と評判の男だった。

「遣り手の旦那ねえ……」

雲海坊は眉をひそめた。

「ええ。金に物を言わせるとか、強引な商いをするとか、ま、悪い噂もいろいろありますが、一代で店を大きくしたんです。大したもんですぜ」

花川戸町の木戸番は感心した。

「成る程な。で、湊屋は豊前《ぶぜん》や豊後《ぶんご》、日向《ひゅうが》の商人の荷の取次をしているんだね」

「ええ。そう聞いていますよ」

木戸番は、雲海坊の空になった湯呑茶碗に茶を注ぎ足した。

「すまないね」

柳橋の弥平次とその身内たちは、普段から江戸の町の自身番の者や木戸番と親しくしており、探索に力を借りていた。

雲海坊は、花川戸町の木戸番と顔見知りだった。

「それで、湊屋の文左衛門の旦那、家族はいるのかな……」

「ええ。お内儀《かみ》さんと若旦那が。旦那は店を若旦那と古くからいる番頭さんに任せて、いつも出歩いていますよ」

「へえ、そうなんだ……」

木戸番の前を二人の浪人が、足早に通り過ぎて行った。

二人の浪人は、不忍池の茶店から女掏摸を追った者たちだった。

「今の浪人たちを知っているかい……」

「いいえ……」

木戸番は、首を横に振った。

「そうか。知らないか……」

『湊屋』の文左衛門は、浪人たちとの繋がりを近所の者に隠している。

雲海坊は睨んだ。

夜の大川に冷たい風が吹き抜け、船の明かりは減った。

「女掏摸のお蝶ですか……」

柳橋の弥平次は、戸惑いを滲ませた。

「ああ。知っているか……」

久蔵は尋ねた。

「いいえ。幸吉、お前はどうだ……」

「名前は聞いた事がありますが、顔は知りません」

下っ引の幸吉は首を捻った。

「それで秋山さま、お蝶の用心棒を引き受けたのですか……」

「ああ。明日、午《うま》の刻九つ（午後零時）に浅草寺《せんそうじ》の雷門《かみなりもん》前で落ち合う約束だ」

「明日九つに雷門前ですか……」

「うむ」

久蔵は頷いた。

「幸吉……」

「はい。明日、手配りをします」

幸吉は、しゃぼん玉売りの由松や船頭の勇次と久蔵とお蝶の動きを見張るつもりだ。

「それにしても、お蝶が掏摸盗った一寸四方の薄い金の板。一体、何なんでしょうね」

弥平次は眉をひそめた。

「うむ……」

「お前さん……」

女将《おかみ》のおまきが、仲居たちと酒と料理を運んで来た。

「女将、構わないでくれ」

「はい。仰る迄もなく……」

おまきは、徳利を久蔵に差し出した。

「すまねえ……」

久蔵は、おまきの酌を受けた。

「今年も夏は忙しかっただろう」

「お陰さまで。でも秋山さま、店はお糸が取り仕切ってくれましたので、私は随分と楽をさせて貰いました」

おまきは、嬉しげに微笑んだ。

「そいつは良かったな……」

「お陰さまで……」

「お父っつぁん……」

お糸がやって来た。

「どうした」

「雲海坊さんが戻りました」

「待ち兼ねた。通してくれ」

「はい……」

おまきとお糸が立ち去り、雲海坊がやって来た。

「只今、戻りました」

「御苦労だったな。ま、一杯やってくれ」

久蔵は雲海坊を労《ねぎら》い、徳利を差し出した。

「こいつは畏れいります」

雲海坊は、猪口に満たされた酒を飲んだ。

「で、初老の旦那の素性、突き止めたかい」

「はい。浅草は花川戸町にある廻船問屋湊屋の主の文左衛門と申しまして、かなりの遣り手だとの評判です」

雲海坊は報せた。

「花川戸町の廻船問屋湊屋の文左衛門か……」

「はい。おそらく女掏摸は文左衛門に頼まれて小さな金の板を掏摸盗ったんですぜ」

「うむ。雲海坊、女掏摸はお蝶って名前でな。用心棒に雇われたぜ」

「用心棒……」

雲海坊は戸惑った。

久蔵は、お蝶が二人の浪人に襲われた処を助け、用心棒に雇われた顚末《てんまつ》を教えた。

「花川戸町に雷門とくりゃあ、お蝶は明日、文左衛門と逢うつもりだな……」

久蔵は睨んだ。

「きっと。お蝶、文左衛門相手に何を企《たくら》んでいるんでしょうね」

雲海坊は眉をひそめた。

「そいつは、明日になれば分かるだろう」

久蔵は酒を飲んだ。

「処で秋山さま。うちの親分に用があるってのは……」

雲海坊は、久蔵が弥平次に用があって柳橋に来る途中に逢ったのを思い出した。

「えっ。あっしに御用でしたか……」

弥平次は、久蔵に向き直った。

「実はな。昨日、与平が倒れてな」

「与平さんが……」

弥平次、幸吉、雲海坊は驚いた。

「ああ。養生所の良哲先生の見立てでは、取立てて重い病じゃあねえのだが、肺が悪くなっているそうだ。ま、与平も歳だからな……」

「そうでしたか……」

「それで柳橋の。頼みってのは他でもねえ。時々、与平に顔を見せてやっちゃあくれないかな」

「お安い御用です。そうですか、与平さんが倒れましたか……」

弥平次は、吐息を洩らした。

「うむ……」

久蔵は頷き、猪口の酒を飲み干した。

船の櫓の軋みが、夜の大川に甲高く響き渡った。


浅草寺の鐘が午の刻九つを打った。

鐘の音は、浅草広小路の賑わいに鳴り響いた。

お蝶が、金龍山《きんりゆうざん》浅草寺雷門前に現われた。

「秋山さま、お蝶です……」

雲海坊は、久蔵にお蝶が雷門前に現われたのを告げた。

「よし。じゃあ幸吉、雲海坊。行くぜ」

「はい。湊屋には由松と勇次が先に行っています」

「分かった。じゃあ後詰めを頼むぜ」

久蔵は、浅草広小路の人混みを抜けて雷門に向かった。

幸吉と雲海坊は、久蔵を背後から見守りながら雷門に急いだ。

「青山の旦那……」

お蝶は、広小路を横切って来る久蔵を見て微笑んだ。

「やあ……」

「本当に来てくれたんですね」

「一日一分だ。約束は守る……」

久蔵は苦笑した。

「良かった……」

「で、何をするんだ」

「これから花川戸にある湊屋って廻船問屋に行って、旦那とちょいと話をしますから、黙って傍にいてくださいな」

「黙って傍にいるだけで良いのか……」

「ま、店で馬鹿な真似もしないと思いますが、万一の時はお願いしますよ」

お蝶は苦笑した。

昨日、文左衛門はお蝶に掏摸を働かせた後、二人の浪人に襲わせた。お蝶は、その事実を使って文左衛門を脅そうとしているのかもしれない。

「分かった。よし、花川戸に行こう」

久蔵は、広小路の人混みを大川に向かった。

花川戸町は、大川に架かる吾妻橋の手前にある。

お蝶は続いた。

幸吉と雲海坊は追った。

廻船問屋『湊屋』の暖簾は風に揺れていた。

久蔵は、『湊屋』の周囲を窺った。

張り込む由松と勇次の姿が見えた。

お蝶は、『湊屋』の暖簾を潜った。

久蔵は続いた。

「いらっしゃいませ……」

店の者たちは、お蝶と久蔵を迎えた。

お蝶は、帳場に向かった。

帳場には老番頭がいた。

「ちょいとお邪魔しますよ」

「おいでなさいませ」

老番頭は、微かな戸惑いを滲ませた。

「旦那の文左衛門さんにお蝶が来たと取り次いでくださいな」

「旦那さまに……」

「ええ。昨日の事でちょいとお話がありましてね」

「昨日の事とは……」

老番頭は眉をひそめた。

「それは旦那が良く御存知ですよ」

お蝶は苦笑した。

「はあ……」

老番頭は、警戒の色を過ぎらせた。

「早く取り次ぐんだな……」

久蔵は、帳場の框《かまち》に腰掛けて老番頭に笑い掛けた。

「は、はい。只今……」

老番頭は、顔色を変えて奥に入って行った。

奉公人たちは、お蝶と久蔵を胡散臭《うさんくさ》そうに窺っていた。

お蝶と久蔵は苦笑した。

奉公人たちは、慌てて視線を逸らした。

僅かな時が過ぎ、老番頭が戻って来た。

「お待たせ致しました。こちらにどうぞ」

老番頭は、お蝶と久蔵を帳場の隣の部屋に案内した。

老番頭は、久蔵とお蝶に茶を差し出した。

「どうぞ……」

「済みませんねえ。番頭さん……」

お蝶は、からかうように色っぽい笑みを浮かべた。

老番頭は、怯えたようにお蝶から眼を逸らした。

初老の旦那が入って来た。

文左衛門だった。

「あら、旦那。昨日はどうも……」

「う、うむ……」

文左衛門は、久蔵に僅かに目礼をしてお蝶に対した。

「お蝶、何の用だい……」

文左衛門は、お蝶に探る眼を向けた。

「何の用って。昨日、旦那に頼まれてした仕事の口止め料と、浪人たちにさせた所業の詫び料、頂戴しに来たんですよ」

お蝶は、文左衛門に笑い掛けた。

「お蝶……」

文左衛門は、お蝶を暗い眼で睨み付けた。

お蝶は、文左衛門を強請に来たのだ。

久蔵は、嘲笑を浮かべた。

「旦那、払わないと仰るなら、萬屋《よろずや》さんに旦那に頼まれて懐《ふところ》の物を頂いたと報せるだけですよ」

お蝶が、小さな金の板を掏摸盗った相手は『萬屋』と云う商人なのだ。

「い、幾らだお蝶……」

「口止め料が二十五両に詫び料が二十五両。都合五十両……」

お蝶は、微笑みながら強請を掛けた。

「分かった。番頭さん……」

「はい……」

老番頭は、部屋の隅に置いてあった船簞笥《ふなだんす》の抽斗《ひきだし》を鍵で開け、二つの切り餅を取り出して文左衛門に渡した。

「お蝶……」

文左衛門は、二つの切り餅をお蝶に差し出した。

お蝶は、二つの切り餅を確かめた。

「確かに……」

「じゃあ、お蝶……」

「旦那、もう二度と仕事は引き受けませんからね」

「ああ……」

文左衛門は、腹立たしげにお蝶を睨み付けた。

「じゃあ、失礼しましょうか……」

お蝶は、久蔵を促して部屋を出た。

「うむ……」

久蔵は、文左衛門と老番頭を見据えてお蝶に続いた。

「くそ……」

文左衛門は怒りを露わにした。

お蝶と久蔵は、廻船問屋『湊屋』を出た。

久蔵は、素早く辺りを窺った。

周囲の物陰に由松、勇次、幸吉、雲海坊の姿は見えなかった。

何かが起き、幸吉たちは既にその対応に就いている。

久蔵は読んだ。

「旦那……」

「うむ……」

お蝶と久蔵は、浅草広小路に向かった。

「上手《うま》くいったようだな」

久蔵は、周囲を窺った。

「旦那のお陰ですよ」

「役に立ったか……」

「そりゃあもう……」

お蝶は、楽しげに笑った。

久蔵は、背後を来る雲海坊に気付いた。そして、己と雲海坊の間を来る遊び人が尾行者だと知った。

遊び人は、おそらく文左衛門に命じられて追って来るのだ。

「青山の旦那、お蕎麦でも如何ですか……」

お蝶は誘った。

「ああ……」

久蔵は、文左衛門の出方を窺う事にした。

三

浅草寺門前の蕎麦屋は、昼飯時が過ぎて客は少なかった。

久蔵とお蝶は、入れ込みにあがって窓際に座った。

お蝶は、蕎麦屋の小女《こおんな》に酒と肴を注文した。

久蔵は、窓の障子を僅かに開け、外の様子を窺った。

蕎麦屋を見張る遊び人が、行き交う人々の間から見えた。

「旦那……」

「うむ……」

久蔵は、窓の障子を閉めた。

お蝶は、小さな懐紙包みを久蔵に差し出した。

懐紙には小判が包まれている……。

久蔵は気付いた。

「こいつは……」

「約束の用心棒代ですよ」

お蝶は微笑んだ。

「それなら一日一分だ。それに用心棒の仕事は未だ終わった訳じゃあない」

「えっ……」

お蝶は、久蔵に怪訝《けげん》な眼を向けた。

「湊屋から尾行て来る奴がいる……」

久蔵は窓の外を示した。

「旦那……」

お蝶は狼狽《うろた》えた。

「お待たせしました」

小女が、酒と肴を運んで来た。

お蝶は、落ち着きを取り戻した。

「どうぞ……」

お蝶は久蔵に酌をし、窓の外を気にしながら己の猪口に酒を満たして飲んだ。

「お蝶、用心棒に雇われたからには、必ず護り抜いてやる」

「旦那……」

お蝶は、久蔵に縋るような眼差しを向けた。

「その代わり、湊屋強請の一件、仔細を話して貰えねえか。事情を知らなきゃあ、後手を踏むかもしれねえ」

久蔵は、お蝶を見据えて酒を飲んだ。

お蝶は手酌で酒を飲み干し、覚悟を決めたような吐息を洩らした。

「旦那、私は他人の懐を狙う掏摸でしてね」

お蝶は、己を恥じるように眼を逸らした。

「掏摸か……」

「ええ。それで湊屋の文左衛門に元浜町《もとはまちょう》の廻船問屋萬屋の旦那の紙入れを掏摸盗れと頼まれましてね」

お蝶は、己の素性を明かして吹っ切れたのか、久蔵を見詰めた。

「元浜町の廻船問屋……」

『萬屋』とは元浜町の廻船問屋だった。

「文左衛門、どうして萬屋の主の紙入れを掏摸盗らせたのだ」

「紙入れに入れてあった割り符が欲しかったんですよ」

お蝶は、腹立たしげに告げた。

「割り符……」

久蔵は眉をひそめた。

「ええ。鹿の絵柄の彫られた一寸四方の薄い銅板でしてね。文左衛門はそいつが欲しかったんです」

一寸四方の薄い金の板は割り符だった。

「って事は、萬屋は割り符を使うような取引きをしているか……」

「きっと。それで文左衛門、萬屋の取引きの邪魔をしようとしているんですよ」

「うむ……」

文左衛門は、『萬屋』の取引きの邪魔をしようとしているだけなのか、それとも割り符を使って荷を横取りしようとしているのかは分からない。

久蔵は、思いを巡らせた。

いずれにしろ、元浜町の廻船問屋『萬屋』を調べる必要がある。

久蔵は、猪口の酒を飲み干した。

廻船問屋『湊屋』に変わった動きはない。

幸吉と勇次は見張り続けた。

「由松の兄貴、戻って来ませんね」

勇次は、辺りを見廻した。

「うん……」

由松は、久蔵とお蝶が『湊屋』を訪れた後、駆け出して行った手代を追い、未だ戻って来てはいなかった。その間に遊び人がやって来て、『湊屋』から帰る久蔵とお蝶を尾行て行った。そして、雲海坊が遊び人を追った。

「由松、未だ手代を追い続けているんだろうが、何処迄行ったのか……」

幸吉は眉をひそめた。

浅草今戸町《いまどちよう》の剣術道場には、食詰め浪人たちが出入りしていた。

由松は、見張り続けていた。

廻船問屋『湊屋』の手代は、花川戸町の裏長屋に住んでいる遊び人の家に寄り、今戸町の剣術道場に来た。

由松は、剣術道場の評判を探った。

剣術道場は、食詰め浪人の溜り場になっており、近所の者たちも困り果てていた。

何をしているんだ……。

由松は、剣術道場から出て来ない手代に微かな苛立ちを覚えた。

久蔵とお蝶は、浅草寺門前の蕎麦屋を出て広小路を抜け、東本願寺前から新寺町の通りを下谷に向かった。

遊び人は尾行《つ》け、雲海坊が追った。

不忍池に出た久蔵とお蝶は、畔の道を抜けて根津権現《ねづごんげん》門前町に出た。

お蝶は、根津権現門前町の外れにある裏長屋の木戸を潜った。

久蔵は続いた。

「旦那、こっちですよ」

お蝶は、長屋の奥の家に久蔵を誘《いざな》った。

久蔵は背後を鋭く見廻し、お蝶に続いて家に入った。

遊び人は見届け、半纏を翻して駆け去った。

文左衛門に報せに行く。

雲海坊は読んだ。

廻船問屋『湊屋』は、幸吉と勇次が見張っている。

遊び人が戻って妙な動きを見せれば、幸吉と勇次が手を打つ筈だ。

雲海坊は駆け去る遊び人を見送り、経を読みながら長屋の木戸を潜った。


下手な経が近付いて来た。

雲海坊……。

久蔵は、下手な経の読み手が雲海坊だと気付いた。

「下手な経だな……」

久蔵は、お蝶の狭い家の戸口に向かった。

「旦那……」

お蝶は眉をひそめた。

「煩いから、追い返してやる」

久蔵は、腰高障子を開けて出て行った。

雲海坊は、経を読み続けた。

「糞《くそ》坊主、煩せえんだよ」

久蔵は、雲海坊の胸倉を鷲摑みにして井戸端に押し込み、お蝶の家から離れた。

「元浜町の廻船問屋萬屋から掏摸盗った金の板は取引きの割り符だ。和馬に調べさせろ」

久蔵は囁いた。

「承知。遊び人は戻りました」

雲海坊は囁き返した。

「下手な経は止めて、さっさと帰るんだな」

久蔵は、雲海坊を突き飛ばした。

雲海坊は、無様に倒れた。

「帰ります、帰りますから勘弁して下さい」

雲海坊は、汚れた衣を翻して駆け去った。

久蔵は雲海坊を見送り、嘲りを浮かべてお蝶の家に戻った。

「旦那……」

お蝶は眉をひそめた。

「お蝶、近くに親しくしている者はいるか」

「えっ。ええ、おりますけど……」

お蝶は、怪訝な面持ちで頷いた。

「よし……」

久蔵は、不敵な笑みを浮かべた。

元浜町の廻船問屋『萬屋』……。

取引きの割り符……。

文左衛門は、お蝶に同業者の『萬屋』の主から割り符を掏摸盗らせた。

取引きの品物は何か……。

雲海坊は、久蔵の言葉を噛み締めながら南町奉行所に急いだ。

南町奉行所にいる筈の定町廻り同心神崎和馬に報せ、元浜町の廻船問屋『萬屋』を調べなければならない。

雲海坊は、南町奉行所に急いだ。

袖無し羽織を着た総髪の武士が、浅草今戸町の剣術道場に入って行った。

由松は見守った。

僅かな時が過ぎ、手代が総髪の武士と出て来て花川戸町に向かった。

手代は、総髪の武士が来るのを待っていたのだ。

由松は追った。

浅草今戸町と花川戸町は、山谷《さんや》堀《ぼり》を挟んで続く町で隅田川沿いにあって遠くはない。

手代と総髪の武士は、廻船問屋『湊屋』に入った。

幸吉と勇次は見守った。

「幸吉の兄貴……」

由松が戻って来た。

「何処の誰だ」

幸吉は、総髪の武士が何者か尋ねた。

「今戸にある剣術道場の主のようです」

「剣術道場の主……」

幸吉は眉をひそめた。

「ええ。剣術道場と云っても食詰め浪人の溜り場です。文左衛門の野郎、人数を集めて秋山さまとお蝶を襲うつもりですぜ」

由松は睨んだ。

「幸吉の兄貴……」

勇次が、緊張した声で幸吉を呼んだ。

遊び人が、足早にやって来て『湊屋』に入って行った。

「秋山さまとお蝶を追った野郎ですよ」

「ああ……」

幸吉は喉を鳴らした。

浜町堀には三味線の爪弾《つまび》きが響いていた。

廻船問屋『萬屋』は、浜町堀に架かる汐見《しおみ》橋の袂、元浜町の角にあった。

南町奉行所定町廻り同心の神崎和馬は、雲海坊と共に『萬屋』を調べた。

廻船問屋『萬屋』は、西国との取引きが多く唐物屋《からものや》としても知られていた。

雲海坊は、『萬屋』の主の徳兵衛《とくべえ》が両国広小路でお蝶に割り符を掏摸盗られた旦那だと見定めた。

「じゃあ、萬屋徳兵衛が割り符を使う取引きをしようとしていた訳だ」

和馬は念を押した。

「ええ。割り符を使う取引き。一体どんな品物なのか……」

雲海坊は眉をひそめた。

「真っ当な品物じゃあないな」

和馬は睨んだ。

「ええ……」

「よし。萬屋徳兵衛を詳しく調べてみよう」

和馬と雲海坊は、聞き込みに散った。

陽は西に大きく傾き、家並みの影が浜町堀に伸び始めた。

夕暮れ時が近付き、浅草広小路を行き交う人は少なくなった。

廻船問屋『湊屋』は、小僧や手代が店仕舞いの仕度を始めた。

総髪の武士と遊び人が、『湊屋』から現われて浅草広小路に向かった。

「どうします」

由松は眉をひそめた。

「よし。勇次、此処を頼むぜ」

「合点です」

幸吉は勇次を残し、由松と共に総髪の武士と遊び人を追った。

根津権現門前の裏長屋の家々は、ささやかな明かりも消されて寝静まっていた。

長屋の木戸に総髪の武士が佇んだ。

幸吉は、暗がりから見守った。

遊び人が、四人の食詰め浪人と共に総髪の武士に合流した。

由松が、暗がりに潜む幸吉の許にやって来た。

「遊び人の野郎、鳥居の前で食詰め浪人共と落ち合い、連れて来ましたよ」

「文左衛門、何としてでもお蝶を殺そうって魂胆だな……」

幸吉と由松は、木戸にいる総髪の武士と浪人たちを見守った。

遊び人が、お蝶の家の腰高障子に忍び寄って中の気配を窺った。

不意に腰高障子が開いた。

遊び人は驚き、立ち竦んだ。

次の瞬間、暗い家の中から刀の鞘《さや》が突き出され、鐺《こじり》が遊び人の鳩尾《みぞおち》を鋭く抉《えぐ》った。

遊び人は、激痛に顔を醜く歪めて崩れ落ちた。

総髪の武士と浪人たちは戸惑った。

久蔵は、刀を腰に納めながらお蝶の家から現われた。

総髪の武士と浪人たちは怯んだ。

久蔵は、木戸にいる総髪の武士と浪人たちに近付いた。

「廻船問屋湊屋の文左衛門に頼まれて来たんだな……」

総髪の武士と浪人たちは身構えた。

「折角来て貰ったが、お蝶なら知り合いの処に行って留守だぜ」

久蔵は嘲笑《あざわら》った。

「おのれ……」

総髪の武士は久蔵を睨み、浪人たちは取り囲んだ。

「寝ている長屋の衆の邪魔をしちゃあならねえ。付いてきな」

久蔵は、取り囲む浪人たちに構わず、長屋の木戸を出た。

総髪の武士と浪人たちは、久蔵を取り囲みながら続いた。

「由松……」

幸吉は、由松を促して追った。


久蔵は、根津権現の鳥居の前で立ち止まった。

総髪の武士と浪人たちは、久蔵を取り囲んで刀を抜いた。

「一つ大事な事を教えてやる」

「なに……」

「お蝶の口を封じに来たようだが、もう手遅れだぜ」

「手遅れ……」

総髪の武士は、微かな狼狽《ろうばい》を過ぎらせた。

「ああ……」

久蔵は頷いた。

「湊屋の文左衛門は、お蝶に元浜町の廻船問屋萬屋の主から取引きの割り符を掏摸盗らせ、その荷を横取りしようとしている……」

久蔵は苦笑した。

総髪の武士は言葉を失った。

「聞いての通り、文左衛門の企みを知っているのは、最早お蝶だけじゃあねえんだ。お蝶の口を封じた処で無駄だぜ。違うかい……」

久蔵は言い聞かせた。

「それでもやろうって云うなら相手になるが、此処は湊屋に戻り、文左衛門と話し合った方が良いんじゃあねえのかな」

久蔵は勧めた。

「黙れ……」

総髪の武士は、抜き打ちの一刀を久蔵に放った。

刹那、久蔵は踏み込み、刀を閃かせながら総髪の武士と擦れ違った。

刀の閃きが交錯した。

浪人たちは息を飲んだ。

総髪の武士は、脇腹を斬られて膝から落ちて倒れた。

「お前たちはどうする……」

久蔵は、浪人たちを見据えた。

浪人たちは後退りし、我先に逃げた。

久蔵は、刀に拭いを掛けて鞘に納めた。

「秋山さま……」

幸吉と由松が、暗がりから駆け寄って来た。

「幸吉、由松、湊屋の文左衛門に何もかも吐いて貰うぜ」

久蔵は、厳しい面持ちで告げた。

根津権現の参道に、夜風は冷たく吹き抜けた。


浅草花川戸町の廻船問屋『湊屋』は、静けさに包まれていた。

久蔵は、由松と勇次を『湊屋』の裏手に廻し、幸吉と店の表に進んだ。

幸吉は、大戸の潜り戸を叩いた。

「どちらさまにございますか……」

店の中から手代の声がした。

「今戸の剣術道場の者だが、旦那に報せがあって来た」

幸吉は告げた。

「へい。只今……」

手代が、潜り戸を開けた。

幸吉が、手代の胸倉を摑んで店から引き摺り出した。

手代は驚き、悲鳴をあげようとした。

幸吉は、手代の顔に十手を突き付けた。

手代は息を飲んだ。

「大人しくしな。さもなければ生涯牢屋敷で暮らす事になるぜ……」

幸吉は脅した。

手代は震え上がった。

久蔵は、潜り戸から店土間に入った。

店土間には、小僧たちが怯えた面持ちでいた。

「やあ。夜分すまねえが、旦那の文左衛門を呼んで貰おうか……」

久蔵は、怯えている小僧に笑い掛けた。

「は、はい。お侍さまは……」

小僧は、怯えながらも役目を果そうとした。

「俺か、俺は南町奉行所与力の秋山久蔵って者だよ」

久蔵は、穏やかに告げた。

「はい。少々お待ち下さい」

小僧は、奥に駆け込んだ。

僅かな時が過ぎた。

由松と勇次の怒声が、裏手からあがった。

「秋山さま……」

幸吉は眉をひそめた。

「ああ。文左衛門の奴、裏から逃げ出そうとしたんだろう」

久蔵は苦笑した。

文左衛門が、奥から由松と勇次に引き立てられて来た。

由松と勇次は、文左衛門を久蔵の前に引き据えた。

「湊屋文左衛門、魂胆は分かっているんだ。無駄な真似はするんじゃあねえ」

久蔵は、厳しく見据えた。

文左衛門は、恐る恐る久蔵を見上げた。そして、久蔵がお蝶の用心棒だと気付き、激しく狼狽した。

「お、お前さん……」

「俺が秋山久蔵だよ……」

久蔵は笑った。

四

南茅場町の大番屋の詮議所は冷え冷えとしており、隅に置かれた突棒《つくぼう》、刺叉《さすまた》、袖搦《そでがらみ》の捕物三道具と十露盤《そろばん》板や抱き石が不気味さを漂わせていた。

久蔵は、廻船問屋『湊屋』文左衛門を詮議所に引き据えた。

文左衛門は、怯えを浮かべて身震いした。

久蔵は、文左衛門に割り符を突き付けた。

一寸四方の薄い銅板の割り符には、鹿の絵が彫られていた。

「こいつが、お蝶に掏摸盗らせた割り符だな」

「はい……」

文左衛門は、逃れられないと覚悟を決め、嗄れた声で頷いた。

「元浜町の廻船問屋萬屋は、この割り符で誰と何を取引きしようとしているんだ」

久蔵は、文左衛門を厳しく見据えた。

「上方の唐物屋が、唐天竺《てんじく》から抜け荷した宝玉です……」

「宝玉……」

久蔵は眉をひそめた。

「はい。金剛石や紅玉《こうぎょく》、青玉《せいぎょく》、それに翡《ひ》翠《すい》や瑠《る》璃《り》にございます」

金剛石はダイヤ、紅玉はルビー、青玉はサファイヤである。

宝玉は、帯留や簪《かんざし》、それに根付や印籠《いんろう》などに嵌《は》め込まれ、好事家の間では密かに高値で売買されていた。

「で、取引きの日時と場所は……」

「明日午の刻、深川の弥勒寺《みろくじ》門前の茶店……」

「取引き相手の名と顔、何も知らねえんだな」

「はい。割り符が相手の物と合えば、売ってくれるそうです」

「しかし、割り符を掏摸盗られた萬屋徳兵衛、黙っているかな……」

「萬屋の押えに今戸の剣術道場の連中を雇っていたのですが……」

文左衛門は苦笑した。

「無駄になっちまったかい……」

「はい……」

「処で文左衛門、萬屋が割り符で宝玉の取引きをすると、誰から聞いたんだい」

「秋山さま、手前と萬屋の徳兵衛は昔から一緒に危ない橋を渡って来た仲でして、酒を飲んではいろいろと……」

文左衛門は、その眼に狡猾《こうかつ》さを過ぎらせた。

「蛇《じゃ》の道は蛇《へび》ってやつか……」

「まあ、そんな処ですか……」

「だが、弥勒寺門前の茶店にお前が現われりゃあ、萬屋徳兵衛に何もかも知れるだろう」

「秋山さま、取引きに行くのは手前ではございません。代理の者が参りますので……」

「抜かりはねえか……」

久蔵は苦笑した。

廻船問屋『萬屋』は、浪人姿の和馬と雲海坊の監視下に置かれていた。

巳《み》の刻四つ（午前十時）が過ぎた頃、『萬屋』徳兵衛は二人の用心棒の浪人を従えて屋根船で浜町堀を大川に向かった。

行き先は深川弥勒寺門前……。

和馬と雲海坊は、浜町河岸を大川に架かる新大橋に向かった。

新大橋は浜町と深川元町を結んでおり、弥勒寺には近い。

和馬と雲海坊は、新大橋に急いだ。

深川弥勒寺門前の茶店は古くからあり、先代の亭主の老爺《ろうや》が病で死に、今では中年の夫婦が営んでいた。

久蔵は、幸吉と勇次に深川弥勒寺門前の茶店を見張らせた。

幸吉と勇次は、五間堀《ごけんぼり》に架かる弥勒寺橋の船着場に猪牙舟を繋ぎ、見張りの拠点にした。

茶店には、弥勒寺の参拝客が立ち寄るぐらいで客は少なかった。

屋根船が、船着場に繋いだ勇次の猪牙舟の隣に船縁を寄せた。

勇次は、屋根船に大店の旦那と二人の浪人が乗っているのに気付き、幸吉に報せた。

取引きに拘わりのある奴……。

幸吉と勇次は睨んだ。

浪人姿の和馬と雲海坊が、茶店を見張っている幸吉の許に来た。

「和馬の旦那……」

幸吉が迎えた。

「萬屋徳兵衛が用心棒と一緒に屋根船で来た筈だ」

和馬は、船着場を一瞥した。

「ええ。それらしい奴らが来ていますよ」

幸吉は、船着場に船縁を寄せている屋根船を示した。

『萬屋』徳兵衛たちは、午の刻九つの時が来るのを屋根船の障子の内で待つ。

和馬と雲海坊は睨んだ。

「それで、秋山さまの指示は……」

和馬は、幸吉に尋ねた。

「呼子《よぶこ》が鳴ったら踏み込め」

「よし。その時、俺と雲海坊は萬屋徳兵衛をお縄にするぜ」

和馬は、屋根船を見据えた。

弥勒寺の鐘が午の刻九つを響かせ始めた。

和馬、幸吉、雲海坊、勇次は緊張した。

徳兵衛と二人の用心棒が、屋根船から船着場に降りた。

九つの鐘が鳴り終わった。

「邪魔をするぜ」

着流し姿の久蔵は、半纏を着た由松に風呂敷包みを持たせて茶店に入った。

「おいでなさいませ……」

茶店の中年の亭主が、縁台に腰掛けた久蔵と由松を迎えた。

「おう。茶を二つ、頼むぜ」

久蔵は、茶を頼みながら中年の亭主に割り符を見せた。

中年の亭主は、久蔵の前に手にしていた盆を差し出した。

盆の底には、二寸四方の薄い銅板があった。

二寸四方の薄い銅板は、中が一寸四方に切り抜かれ、紅葉《もみじ》の絵柄が彫られていた。

久蔵は、鹿の絵の彫られた割り符を一寸四方に切り抜かれた処に嵌め込んだ。

二寸四方の薄い銅板は、花札の鹿と紅葉の絵柄になった。

久蔵は、中年の亭主に笑い掛けた。

「お茶ですね。ちょいとお待ち下さい」

中年の亭主は、割り符を持って奥に入って行った。

僅かな時が過ぎ、中年の亭主が戻って来た。

「お客さま、こちらにどうぞ……」

中年の亭主は、久蔵に奥の部屋を示した。

「うむ……」

久蔵は、風呂敷包みを持った由松を伴って奥の部屋に向かった。

「旦那……」

用心棒の一人が、久蔵たちを厳しい眼差しで見送った。

「ああ。あの侍、何処の誰なんだ」

『萬屋』徳兵衛は、怒りを含んだ眼で久蔵を睨み付けた。

和馬、幸吉、雲海坊、勇次は、茶店と徳兵衛たちを見張り続けた。

茶店の奥の部屋には、初老の旦那と若い侍がいた。

久蔵は初老の旦那に対座し、由松が背後に控えた。

「品物、見せて貰おうか……」

久蔵は、初老の旦那に笑い掛けた。

「金を……」

初老の旦那は、久蔵に応じるように笑った。

「うむ……」

久蔵は、由松を振り返った。

「へい……」

由松は、風呂敷包みから金箱を出して差し出した。

初老の旦那は、若い侍を促した。

若い侍は、文箱《ふばこ》のような箱を取り出して金箱の隣に並べた。

「じゃあ……」

初老の旦那は、金箱を引き寄せて蓋を開けた。二十五両ずつ封印された小判が、十二個整然と並べられていた。

久蔵は、文箱の蓋を取った。

文箱には、鞣《なめ》し革の小さな袋が幾つか入っていた。久蔵は、鞣し革の小袋の中の金剛石を掌に出した。

金剛石は美しく煌《きら》めいた。

「見事な物だな……」

久蔵は感心した。

「そうでっしゃろ……」

初老の旦那は、上方弁で笑った。

久蔵は、他の鞣し革の小袋の中の紅玉や青玉を見定めた。

「結構だ……」

久蔵は、由松に宝玉の入った文箱を渡した。

「はい……」

由松は宝玉の入った文箱を風呂敷に包んで背中に背負い、呼子笛を甲高く吹き鳴らした。

初老の旦那は仰天した。

若い侍は、咄嗟に刀を抜こうとした。

刹那、久蔵は若い侍を蹴り上げた。

若い侍は、仰向けに倒れた。

久蔵は、刀の鞘の鐺を若い侍の鳩尾に素早く叩き込んだ。

若い侍は、何もする間もなく気を失った。

初老の旦那は、部屋から逃げ出そうとした。だが、幸吉と勇次が、茶店の中年の亭主を突き飛ばしながら現われ、初老の旦那を取り押えた。

「萬屋の徳兵衛はどうした」

「二人の用心棒の浪人と表に。和馬の旦那と雲海坊が……」

「よし……」

久蔵は、初老の旦那と若い侍を幸吉たちに任せて外に急いだ。

和馬と雲海坊は、『萬屋』徳兵衛を捕らえようと迫った。だが、二人の用心棒が、徳兵衛を護って和馬や雲海坊と闘った。

徳兵衛は、船着場に駆け降りようとした。

「そうはさせねえぜ……」

久蔵が立ち塞がった。

「お、お前は誰だ……」

徳兵衛は、己の割り符を持って現われた久蔵を睨み付けた。

「俺か、俺は秋山久蔵……」

「秋山久蔵……」

徳兵衛は眉をひそめた。

「ああ。南町奉行所の与力だ」

「か、剃刀《かみそり》久蔵……」

徳兵衛は、久蔵の名を知っていたらしく、驚いて立ち竦んだ。

「廻船問屋萬屋徳兵衛、抜け荷買いを企んだ罪でお縄にするぜ」

久蔵は、徳兵衛を無造作に摑まえて腕を捩《ね》じ上げた。

徳兵衛は、激痛に苦しげに呻いて膝をついた。

二人の用心棒は、徳兵衛が捕らえられたのを見て逃走した。

和馬と雲海坊は、追い掛けようとした。

「追うには及ばねえぜ」

久蔵は制した。

茶店で捕らえた初老の旦那は、上方から来た唐物屋『天満屋《てんまや》』清蔵《せいぞう》だった。

清蔵は、唐天竺から抜け荷した宝玉を売り捌く入れ札の触れを密かに流した。

入れ札に応じ、三百両で落札したのが元浜町の廻船問屋『萬屋』徳兵衛だった。

清蔵は、徳兵衛に割り符を送り、取引きの日時と場所を報せた。

廻船問屋『湊屋』文左衛門はそれを知り、横取りを企んでお蝶に割り符を掏摸盗らせたのだった。


根津権現の境内では、掃き集められた落葉が燃やされ、煙が緩やかに立ち昇っていた。

お蝶は、参道を小走りにやって来た。

久蔵は、お蝶が来たのを見定めて境内の茶店を出た。

「青山の旦那……」

お蝶は、顔を輝かせて久蔵に駆け寄った。

「やあ……」

「湊屋の文左衛門、どうしました」

「お蝶を狙って食い詰め浪人共を寄越したぜ」

「食い詰め浪人……」

お蝶は、怯えを滲ませた。

「ああ。それで追い払って、文左衛門を捕まえたよ」

久蔵は笑った。

「捕まえた……」

お蝶は戸惑った。

「うむ。他に萬屋の徳兵衛と、上方から抜け荷の宝玉を売り捌きに来た唐物屋の天満屋清蔵って野郎もな」

「青山の旦那……」

お蝶は眉をひそめた。

「お蝶、俺は青山じゃあねえ。秋山だ」

「秋山……」

「ああ。秋山久蔵だ」

「秋山久蔵って、もしかしたら南の御番所の」

「その、もしかしたらの秋山久蔵だ」

久蔵は苦笑した。

「剃刀久蔵……」

お蝶は驚いた。

「お蝶、今度は無事に終わったが、いつも上手く行くとは限らねえ。他人の懐を狙う稼業からさっさと足を洗うんだな」

「は、はい……」

お蝶は、思わず頷いた。

「いろいろ御苦労だった。じゃあ……」

久蔵は、お蝶を残して根津権現の境内から参道に向かった。

お蝶は立ち尽くした。

落葉を燃やした煙が、吹き抜ける風に揺れて乱れ散った。

お蝶は、煙が眼に沁みたのか久蔵を眩《まぶ》しげに見送った。


与平は、小川良哲の許しを得て床上げをした。

「目出度《めでた》いが与平、決して無理はするんじゃあねえぞ」

久蔵は、釘を刺した。

「そうですよ、与平。身体の具合が悪い時は休んで、すぐにお福に云うんですよ」

香織は言い聞かせた。

「へい。心得ております」

与平は、笑顔で頷いた。

「本当に心得ているんだか。お前さん、旦那さまと奥さまの仰った事、忘れちゃあなりませんよ」

お福は、与平を厳しく睨み付けた。

「分かったと、云ってんだろう……」

与平は小声で言い返し、痩せた身体を恐ろしげに縮めた。

太市は、思わず吹き出しそうになるのを懸命に堪《こら》えた。

小さな笑い声があがった。

廊下で遊んでいた大助が、何が可笑《おか》しいのか楽しげに笑い出したのだ。

太市は、釣られるように笑った。

「すみません……」

太市は慌てて詫び、座敷を出て大助の許に行った。

大助と太市の笑い声が、秋山屋敷に賑やかに響いた。

久蔵と香織は苦笑した。

# 第三話

# 虚《うつ》け者《もの》

一

霜月《しもつき》――十一月。

鷲《おおとり》神社での酉の市や七五三などがある十一月は、霜月の他に神帰月《かみかえりづき》とも称された。それは、十月の神無月に出雲大社に行った八百万の神々が、国許に帰るからである。

八丁堀岡崎町の秋山屋敷に『大喜《だいき》』の大工たちが入った。

久蔵は、病み上がりの与平とお福の為に隠居所を建てる事にした。そして、香織と相談し、南に奥庭が広がる陽当たりの良い場所を選んだ。だが、与平とお福は、畏れ多くて勿体ないと頑《かたく》なに遠慮した。

久蔵と香織は、時を掛けて説得した。だが、与平とお福の気持ちは変わらなかった。そして、漸《ようや》く頷いた案は、今いる台所脇の部屋の隣に建て増しをする事だった。

建て増しする部屋は南向きにし、小さな庭を作って板塀を廻す。

久蔵と香織は、与平とお福に長閑《のどか》で穏やかな老後を送って貰いたいと願っていた。

与平とお福は、久蔵と香織の願いを聞き入れて漸く頷いた。

久蔵は、柳橋の弥平次に大工を選んで貰った。

弥平次は、神田佐久間町《さくまちよう》の大工『大喜』の棟梁・喜平《きへい》を紹介してくれた。

大工『大喜』の喜平は、四十歳前の若い棟梁だが丁寧な仕事をする腕利きの大工だった。

喜平は、弥平次から秋山家の建て増しが下男夫婦の隠居所だと聞き、喜んで引き受けた。

そこには、主である久蔵香織夫婦の優しさに感心した事があった。

秋山屋敷に材木が運び込まれ、槌音《つちおと》が威勢良く響き始めた。

その朝、湯島《ゆしま》天神裏の切通しで若い武士の刺殺死体が発見された。

報せを受けた柳橋の弥平次は、勇次を南町奉行所定町廻り同心の神崎和馬の組屋敷に走らせ、幸吉を従えて切通しに急いだ。

弥平次は、己の吐く息が僅かに白いのに気が付いた。

着流しの若い武士は、湯島天神裏の切通しの隅で殺されていた。

弥平次と幸吉は、冷たくなっている若い武士の死体を検めた。

「滅多刺しですぜ……」

幸吉は眉をひそめた。

「ああ……」

若い武士は、胸元から腹に掛けて何度も突き刺され、血塗《ちまみ》れになって死んでいた。

「恨み。それも女の仕業ですかね……」

幸吉は読んだ。

滅多刺しは恨み、力の弱い女などの仕業が多いとされている。

「そうかもしれないが、先ずは仏さんの様子と素性だ」

弥平次と幸吉は、若い武士の持っている物を調べた。

刀は抜いていない。

「刀を抜く間もなかったんですかね」

弥平次は、若い武士の口元の臭いを嗅いだ。

「酒を飲んでいるな……」

微かな酒の香りが、血の臭に紛れていた。

「でしたら酒に酔っていて、まともに闘えなかったんですかね」

「ま、いずれにしろ刀も抜けずに殺されたのなら、武士の不覚って処だろうな」

「ええ……」

幸吉は頷いた。

弥平次は、若い武士の腰の脇差と赤い塗りの印籠を調べた。

脇差にも抜いた形跡はなく、赤い印籠には固く干涸《ひか》らびた丸薬と貝殻に入った塗り薬が入っていた。

「真っ当な心得のある侍とは思えませんね」

幸吉は眉をひそめた。

「うん。懐の中、見てみな」

弥平次は命じた。

幸吉は、若い武士の懐を探り、紙入れを取り出した。

「他に何もありませんね」

「懐紙や手拭《てぬぐい》もか……」

弥平次は僅かに呆《あき》れた。

「ええ。そして……」

幸吉は、紙入れの中を調べた。

紙入れには、一朱金が一枚に文銭が数枚あるだけで、身許を教える物は何もなかった。

「浪人ですかね……」

「いや。着物は薄汚れているが、それほど安物じゃあない。かと云って武士として満足な心得もないとなると主持《しゅうも》ちでもない……」

弥平次は読んだ。

「って事は、旗本の倅か何かですか……」

「きっとな……」

滅多刺しで殺された若い武士は、旗本の倅かもしれない。

弥平次は睨んだ。

「仏さん、昨夜、湯島天神門前の盛り場で酒を飲んだ帰りだったのかもしれませんね」

「うむ。俺は手掛かりになる物を探しながら和馬の旦那のお見えになるのを待つ。

お前は仏さんの足取りを追ってくれ」

「分かりました。じゃあ……」

幸吉は、湯島天神門前の盛り場に向かった。

弥平次は、木戸番の甚六《じんろく》と若い武士の死体に筵《むしろ》を掛け、周辺に手掛かりを探した。だが、これと云った手掛かりはなかった。

「親分……」

和馬が、勇次と共に駆け寄って来た。

「御苦労さまです」

弥平次は和馬を迎え、若い武士の死体に掛けられた筵を捲《まく》って見せた。

和馬は眉をひそめた。

弥平次は、死体を検めた結果を報せた。

「そうか、親分の見立て通りだろうな」

和馬は頷いた。

「で、今、幸吉が仏さんの足取りを追っていますが、身許が割れると良いんですがね」

「うん……」

「じゃあ親分。あっしは幸吉の兄貴の処に行きます」

勇次は告げた。

「うん。そうしてくれ」

弥平次は頷いた。

勇次は駆け去った。

「じゃあ旦那……」

「うん……」

和馬は、自身番の者と木戸番の甚六に若い武士の死体を不忍池の畔の福成寺に運ぶように命じた。

湯島天神門前の盛り場は、未だ眠ったままで閑散としていた。

幸吉は、起きたばかりの者やこれから寝ようとする者を見つけ、聞き込みを掛けた。

「赤い塗りの印籠を持っている若いお侍ですか……」

起き抜けの居酒屋の大年増の女将は、朝からの聞き込みに迷惑そうに眉をひそめた。

「ああ。客にいねえかな」

「さあ。知りませんねえ……」

大年増の女将は、大欠伸《あくび》を隠そうともしなかった。

盛り場での朝の聞き込みは難しい。

幸吉は、起きている者を探しては聞き込みを続けた。

「幸吉の兄貴……」

勇次が、駆け寄って来た。

「おう。和馬の旦那、来たのかい」

「はい。で、仏さんの足取り、何か分かりましたか……」

「そいつがこの態《ざま》だ。起きている者を探すので手一杯だぜ」

幸吉は、閑散としている盛り場を眺めて苦笑した。

南町奉行所の中庭には、十一月とは思えぬ温かい陽差しが溢れていた。

久蔵の用部屋に和馬が訪れた。

「殺し……」

「はい。湯島天神裏の切通しに、旗本の倅と思える若い武士が滅多刺しで……」

和馬は報せた。

「斬り合っているのか……」

「それが、刀は大小とも抜いてはおりません」

和馬は、微かな侮りを過ぎらせた。

「抜いちゃあいねえのか……」

久蔵は眉をひそめた。

「はい。殺される迄、酒を飲んでいて、かなり酔っていたと思われます」

「酔っていた所為で、刀を抜き合わせるのが叶わず不覚を取ったのなら、武士としちゃあもっと質《たち》が悪い。話にならねえな」

久蔵は呆れた。

「ええ。面倒なのは仏が旗本の倅かもしれない事です」

「なあに、かもしれねえだけで、そうと決まった訳じゃあねえ」

「それはそうですが……」

「刀も抜かずに滅多刺しだ。旗本の倅だとしたら武門の恥。支配違いだと騒ぎ立てりゃあ、恥の上塗りってやつだ」

久蔵は、冷たく云い放った。

「遠慮は無用ですか……」

和馬は苦笑した。

「ああ。本郷《ほんごう》や小石川、それに下谷一帯の旗本の評判の悪い倅を洗ってみるんだな」

久蔵は命じた。


昼が近付いた頃、湯島天神門前の盛り場は漸く眼を覚した。

幸吉と勇次は、聞き込みを続けた。

盛り場の外れにある居酒屋『鶯屋《うぐいすや》』の亭主の留造《とめぞう》が、赤い印籠を持っている若い武士を見知っていた。

「確か仲間に文吾《ぶんご》とか呼ばれていましたぜ」

留造は、仕込みをする手を休めなかった。

文吾……。

若い武士の身許の欠片《かけら》が漸く分かった。

「苗字は……」

勇次は、身を乗り出した。

「さあ、そこ迄は……」

留造は首を捻った。

「じゃあ、仲間はどんな連中かな」

幸吉は尋ねた。

「どんなって、あいつらは旗本や御家人の部屋住みだよ」

留造は、仕込みをする手を止めた。

「それで文吾と仲間、昨夜も来ていたのかい」

「ああ。尤も文吾は戌《いぬ》の刻五つ(午後八時)の鐘を聞いて先に帰りましたぜ」

「戌の刻五つに先に帰った……」

「ああ……」

留造は頷き、再び仕込みを始めた。

「文吾の野郎、ここから真っ直ぐ帰ったんでしょうかね」

勇次は眉をひそめた。

「戌の刻五つは未だ宵の口だ。おそらく他の処に行ったんだ……」

幸吉は睨んだ。

「文吾って野郎の組屋敷は知らないが、仲間の一人は分かるぜ」

留造は、仕込みを続けながら告げた。

「ありがたい。そいつは何処の誰だい……」

幸吉と勇次は、顔を輝かせた。

和馬は、雲海坊と本郷や小石川の旗本や御家人から調べ始めた。

旗本や御家人の倅……。

和馬と雲海坊は、武鑑を調べて二十歳前後の倅のいる旗本や御家人を洗い出した。そして、二十歳前後で評判の良い倅を棄て、悪い噂のある者を絞り込んだ。

由松は、下谷御徒町《おかちまち》に聞き込みを掛けた。

武家屋敷街での聞き込みは難しい。

由松は、一帯で行商をしている顔見知りの小間物屋と出逢った。

「評判の悪い陸《ろく》でなしかい……」

行商の小間物屋は眉をひそめた。

「ああ。侍の心得も満足にねえ若僧で、赤い印籠を持っているそうだ。知らねえかな」

由松は、行商人仲間の小間物屋に尋ねた。

「赤い印籠を持っているかどうか知らねえが、陸でなしと専らの評判の旗本の倅なら知っているぜ」

小間物屋は嘲笑を浮かべた。

「何処の誰だい……」

「これから廻る屋敷の近くだ。案内するぜ」

「そいつは、ありがてえ」

由松は、小間物屋と一緒に練塀小路に向かった。

練塀小路には、赤ん坊の泣き声が響いていた。

小間物屋は立ち止まった。

「この辺りの屋敷か……」

由松は、辺りを見廻した。

「ああ。あの二軒先の屋敷の倅が、界隈でも名高い陸でなしだそうだぜ」

小間物屋は、二軒先の組屋敷に蔑みの視線を向けた。

「二軒先の組屋敷、何て家だい……」

「松崎《まつざき》って家だ」

「松崎か……」
由松は、二軒先の松崎屋敷を窺った。
切通しで刺殺された若い武士が、陸でなしと噂の倅なら組屋敷にはいない筈だ。
いるかいないか、どう云う手立てで見定めるか……。
由松は、手立てを思案した。
「じゃあ、俺は此処でちょいと商売をしてくるぜ」
小間物屋は、傍らの組屋敷を示した。
「造作を掛けたな。助かったぜ」
小間物屋は、由松を残して傍らの組屋敷の木戸門を潜っていった。
由松は、松崎屋敷に近寄った。
次の瞬間、松崎屋敷の木戸門から若い武士が出て来た。
由松は、咄嗟に若い武士に会釈をして擦れ違った。
若い武士は、険しい眼付きで由松を一瞥して下谷広小路に向かっていった。
由松は、振り返って若い武士を見送った。
評判の悪い倅……。
由松の勘が囁いた。

松崎家の評判の悪い倅は生きており、切通しで殺された若い武士ではなかった。

由松は、少なからず落胆した。

「由松じゃあねえか……」

幸吉と勇次がやって来た。

「幸吉の兄貴、勇次……」

「何をしてるんだ」

「評判の悪い旗本の倅がいると聞いて来たんですがね……」

由松は苦笑した。

「違ったか……」

「ええ。兄貴たちは……」

「仏の仲間の松崎清次郎《せいじろう》って野郎の屋敷がこの辺だと聞いてな」

幸吉と勇次は、辺りの組屋敷を見廻した。

「松崎ですか……」

由松は戸惑った。

「知っているのか……」

「ええ。そいつが切通しの仏だと思って来たんですが、たった今、出掛けましてね」

「どっちに行った」

幸吉は眉をひそめた。

「こっちです」

由松は、下谷広小路に向かった松崎家の倅を追った。

幸吉と勇次は続いた。

和馬と雲海坊は、刺殺された若い武士を捜して本郷・小石川の旗本屋敷を訪ね歩いた。だが、訪ね歩いた旗本屋敷の評判の悪い倅は皆達者にしており、刺殺された若い武士と思われる者は見つからなかった。

和馬と雲海坊は、粘り強く捜し歩いた。

下谷広小路は賑わっていた。

松崎清次郎は、広小路の賑わいを抜けて明神下の通りを神田川に進んでいた。

幸吉、由松、勇次は松崎を尾行た。

明神下の通りを進んだ松崎は、同朋町《どうぼうちょう》の角を曲がって神田明神の境内に入った。

神田明神境内には参拝客が行き交っていた。

松崎は境内を抜け、参道の茶店に入った。

幸吉と由松は、茶店を見通せる物陰に入った。勇次が、戸惑いを浮かべて続いた。

「幸吉の兄貴、松崎に仏さんの事、訊かないんですか……」

「ちょいと様子を見てからだ」

幸吉と由松は、松崎を見張った。

「はあ……」

勇次は、幸吉と由松に倣《なら》った。

松崎は、茶店の縁台に腰掛けて茶を頼み、行き交う参拝客を鋭い眼で見ていた。

誰かを捜している……。

幸吉は、松崎の様子からそう睨んだ。

「誰かと待ち合わせでもしてんですかね」

由松は眉をひそめた。

「うん……」

松崎は、茶を飲みながら行き交う人を見ていた。

古びた綿入れ半纏を着た老爺が、参道をやって来て腰を屈めて松崎に声を掛けた。

松崎は、蔑むような眼差しで鷹揚《おうよう》に頷いた。

老爺は、結び文を出して松崎に渡して頭を下げ、参道を戻った。

「幸吉の兄貴……」

由松は眉をひそめた。

「うん。勇次、あの爺さんを追ってくれ」

「は、はい……」

勇次は、戸惑いながらも参道を去って行く老爺を追った。

松崎は、結び文を読んで懐に入れ、薄笑いを浮かべて茶を飲み干した。

「由松、俺が当る。後を頼むぞ」

「承知……」

幸吉は、由松を物陰に残して松崎に駆け寄った。

松崎は、茶代を置いて茶店を出ようとした。

「お侍さん、ちょいと御免なすって……」

幸吉は、松崎に腰を低くして声を掛けた。

「何だ……」

松崎は、幸吉を睨み付けた。

「あっしはお上の御用を承っている者ですが、お旗本の松崎清次郎さまにございますね」

幸吉は、懐の十手を僅かに見せた。

「だったらどうした」

松崎は、幸吉に侮りの眼を向けた。

「赤い印籠をお持ちのお侍さんを御存知ですかい……」

「赤い印籠……」

松崎は眉をひそめた。

知っている……。

幸吉の勘が囁いた。

「赤い印籠を持っている侍がどうかしたか」

「今朝、死体で見つかりましてね」

「何だと……」

松崎は狼狽した。

「何処《どな》の何方か教えちゃあくれませんか……」

「小石川片町《かたまち》の旗本、本宮《もとみや》文吾だ」

松崎は、嗄れた声を激しく震わせた。

小石川片町の旗本・本宮文吾……。

殺された若い武士の身許は漸く割れた。

二

不忍池の畔の福成寺は、静けさに覆われていた。

幸吉は、松崎清次郎を福成寺の湯灌《ゆかん》場に伴い、安置されている本宮文吾と思われる若い武士の死体を見せた。

「文吾……」

松崎は、本宮文吾の死体を呆然と見詰めた。

「本宮文吾さまに相違ありませんね」

幸吉は念を押した。

「ああ……」

松崎は、恐ろしそうに文吾の死体から眼を背け、激しく震えながら頷いた。

幸吉は苦笑した。

松崎清次郎は、本宮文吾に負けず劣らず武士の心得のない陸でなしなのだ。

いずれにしろ、切通しで滅多刺しで殺された若い武士の身許は割れた。

「それで松崎さま、本宮文吾さまは誰に殺されたのか、心当りはございませんか……」

「な、ない。心当りなどありはせん」

松崎は、恐怖に襲われて嗄れた声を激しく震わせた。

「ですが……」

「黙れ。俺は知らぬ。何も知らん……」

松崎は遮るように怒鳴り、福成寺の湯灌場を足早に出て行った。

由松が、物陰から現われて松崎を追った。

「さあて、小石川片町か……」

幸吉は苦笑しながら見送り、本宮文吾の屋敷のある小石川片町に急いだ。

冷たい風が吹き抜け、外濠の水面に小波《さざなみ》が走った。

綿入れ半纏を着た老爺は、神田川を越えて八ッ小路から鎌倉河岸に出た。

勇次は追った。

老爺は、鎌倉河岸から竜閑橋の北詰を抜けて神田請負地に入った。そして、神田堀沿いにある仕舞屋の木戸を潜った。

勇次は見届け、仕舞屋を窺った。

仕舞屋からは、三味線の爪弾きが洩れていた。

その三味線の爪弾きが途絶えた。

三味線を弾いていた者は、老爺が来たので爪弾きを止めたのだ。

仕舞屋には誰が住んでいるのか……。

老爺は何者なのか……。

勇次は、辺りに聞き込みを始めた。


小石川の武家屋敷街は西日に照らされた。

和馬と雲海坊は、絞り込んだ評判の悪い旗本の倅を捜して本郷から小石川に進んだ。

「和馬の旦那……」

幸吉の声が、和馬と雲海坊の背後に響いた。

和馬と雲海坊は振り返り、駆け寄って来る幸吉に気付いた。

「幸吉っつぁんですぜ」

雲海坊は、眩しげに眼を細めた。

「うん……」

和馬と雲海坊は、幸吉が来るのを待った。

「和馬の旦那。分かりましたぜ、仏の身許……」

幸吉は息を弾ませた。

「分かったか……」

和馬は、嬉しげな笑みを浮かべた。

「はい。漸く……」

「ありがたい、ありがたい……」

雲海坊は、幸吉に手を合わせた。

「馬鹿野郎、仏じゃあねえ」

幸吉は笑った。

「で、仏は何処の誰だった」

和馬は眉をひそめた。

「はい。小石川片町の旗本の倅で、本宮文吾って奴です」

幸吉は告げた。

「和馬の旦那……」

雲海坊は和馬を促した。

「うん……」

和馬は、懐から書付けを出して広げた。

「本宮文吾か。いたぞ……」

和馬は、書付けを見て告げた。

「やっぱり……」

「うん。小石川片町の三百石取りの旗本本宮文蔵《ぶんぞう》の次男、文吾だな」

和馬は、書付けに書かれた名を読んだ。

「旦那と雲海坊も本宮家に行く処だったんですかい……」

「ああ。本郷や小石川の評判の悪い倅のいる旗本御家人を洗ってな。それにしても幸吉、良く分かったな」

「はい……」

幸吉は、仏が本宮文吾だと分かった経緯《いきさつ》を話した。

「それで、松崎清次郎には由松が張り付いています」

「そうか。よし、とにかく本宮家に文吾が殺されたのを報せるか……」

和馬は、幸吉や雲海坊と旗本の本宮文蔵の屋敷に急いだ。


湯島天神門前の盛り場は夕陽に照らされ、酔客が行き交うようになった。

由松は、盛り場の外れにある飲屋の片隅で酒を飲んでいた。

店内には既に数人の客がおり、その中には松崎清次郎もいた。

由松は、松崎を窺いながら酒をすすった。

松崎は、本宮文吾の無残な死体を見た所為か、震える手で酒を呷《あお》っていた。

「いらっしゃいませ」

二人の若い武士が、大年増の女将に迎えられて入って来て松崎の前に座った。

松崎は驚いた。だが、二人の若い武士が仲間だと気付き、己を落ち着かせるかのように酒を呷った。

二人の若い武士が、松崎を嘲笑った。
陸でなしの仲間……。
由松は苦笑した。
松崎は、怯えを滲ませながら何事かを早口に囁いた。
二人の若い武士は、松崎の囁きを聞いて一瞬にして顔色を変えた。
仲間が殺されたのを知った……。
由松はそう読み、酒をすすりながら松崎たちの様子を見守った。
松崎と二人の若い武士は酒を呷り、怯えを滲ませて何事か囁き合った。
三人は、切通しでの殺しに何らかの拘わりがあり、恐怖を忘れようと酒を呷っている。
由松は睨んだ。

船の明かりは外濠に映え、揺れながら遠ざかって行った。
勇次は、明かりの灯されている仕舞屋を見張った。
仕舞屋に住んでいるのは、おせいと云う名の芸者上がりの小唄の師匠だった。
仕舞屋は、京橋の人形問屋『京月《きょうげつ》』の隠居の持ち物であり、おせいは囲い者だと噂されていた。

勇次は、綿入れ半纏を着た老爺の事を聞き込んだ。

老爺は宗助《そうすけ》と云う名前であり、長い間旗本屋敷に下男奉公していた。だが、病に罹《かか》って暇を出され、行き場所が無くて途方に暮れた。

そんな宗助に同情し、引き取ったのがおせいだった。

「へえ。おせいって小唄の師匠、宗助さんと昔からの知り合いだったのかな……」

勇次は首を捻った。

「さあ、そいつは分からないな……」

自身番の番人は、それ以上の詳しい事を知らなかった。

いずれにしろ、宗助はおせいの家の下男として暮らすようになった。

おせいと宗助はどんな拘わりなのか……。

勇次は、少なからず興味を持って見張りを続けていた。

仕舞屋の明かりが消えた。

今夜はもう動かない……。

勇次は睨み、柳橋の船宿『笹舟』に戻る事にした。

燭台の明かりは、微かに忍び込む冷たい夜風に揺れた。

「で、本宮文蔵、倅の文吾の死体を引き取ったのか……」

久蔵は、厳しさを過ぎらせた。

「はい、直ぐに。それで、文吾は急な病での頓死《とんし》にしてくれと、一両差し出しましたよ」

和馬は、腹立たしげに告げた。

「一両とは安く見られたな」

久蔵は苦笑した。

「まったくです。流石《さすが》は満足に武士の心得のない倅の父親。陸なもんじゃあない」

和馬は罵《ののし》った。

「じゃあ、文吾は急な病の頓死って訳にはいかねえな」

「当たり前です。一両は叩き返してやりましたよ」

和馬は云い切った。

「本宮文蔵、三百石取りの小普請だったたな」

「はい。倅が倅なら父親も父親の虚《うつ》け者《もの》同士。一度、納戸方《なんどがた》のお役目に就いたのですが勤まらず、それ以来の小普請。家来や奉公人にも冷たく、文吾たち家族の行状にも無関心だそうでしてね。評判は良くありません」

「だから倅の文吾が、酷え死に方をしたのも知らなかったか……」

「きっと……」

和馬は頷いた。

「じゃあ、文吾が殺された事に心当りも何もねえんだな」

「はい。毎日、何をしていたのかも知らないぐらいですから……」

和馬は頷いた。

「で、文吾の陸でなしの仲間はどう云っているんだ」

「幸吉の睨みは、心当りはないと云っているが、おそらく何かを知ってると……」

和馬は告げた。

「俺もそう思うぜ」

久蔵は頷いた。

「はい。それで文吾の陸でなし仲間の松崎清次郎って奴に、由松が張り付いています」

「よし。叩けば幾らでも埃が舞い上がるだろう。いざとなりゃあ、そいつを使って締め上げろ」

「心得ました。それにしても秋山さま、与平とお福の隠居所、大分出来ましたね」

「うむ。隠居所でのんびりと暮らしてくれれば良いのだが……」

「幸せ者ですよ。与平とお福は……」

「なあに、秋山の家が今あるのは、与平とお福のお陰でな。ささやかな恩返しだ」

久蔵は笑った。

湯島天神門前の盛り場には、酔客の笑い声と酌婦の嬌声《きょうせい》が溢れていた。

松崎清次郎と二人の仲間は、飲屋で酒を飲み続けていた。

由松は飲屋を出た。そして、斜向かいの路地の暗がりに潜み、松崎が動くのを待った。

幸吉が、行き交う酔客の中をやって来た。

「幸吉の兄貴……」

由松は、幸吉が路地の前を通った時に声を掛けた。

幸吉は、由松に気付いて路地の暗がりに入って来た。

「松崎清次郎、二人の仲間と酒を飲んでいますよ……」

由松は、斜向かいの飲屋を示した。

「二人の仲間か……」

「ええ。三人共、かなり怯えていますぜ」

由松は、嘲りを浮かべた。

「本宮文吾、惨めな死に様だったからな……」

「で、そっちは……」

「うん。そいつなんだがな……」

幸吉は、本宮文吾の身許と父親の事などを教えた。

「陸でなしなのは、父親譲りですか……」

由松は呆れた。

「まあ。そんな処だぜ」

幸吉は苦笑した。

東叡山《とうえいざん》寛永寺の鐘の音が、冷たい微風の吹いている夜空に鳴り響いた。

戌の刻五つの鐘だ。

飲屋の腰高障子が開き、松崎清次郎が緊張した面持ちで出て来た。

由松と幸吉は、暗がりから見守った。

松崎は、行き交う酔客たちを怯えた眼で見廻した。そして、不審な者がいないのを見定め、懐から書付けを取り出して読んだ。

「茶店で、年寄りから受け取った結び文ですかね……」

由松は睨んだ。

「きっとな……」

幸吉は頷いた。

松崎は、書付けを懐に入れて吐息を洩らし、行き交う酔客の中を足早に進んだ。

由松と幸吉は追った。

酌婦の黄色い笑い声が、門前町の盛り場に賑やかに響いた。

柳橋の船宿『笹舟』の台所には、船頭や手先を務める者たちがいつでも食事が出来るように仕度されていた。

勇次は、お糸の給仕で遅い晩飯を食べ、弥平次の居間に入った。

弥平次と雲海坊がいた。

「御苦労だったな……」

弥平次は勇次を労った。

「いえ……」

「松崎清次郎に結び文を届けた年寄りを追ったそうだな」

弥平次は、雲海坊を通じて幸吉からの報せを聞いていた。

「はい……」

「で、その年寄り、何処の誰か分かったのか」

雲海坊は尋ねた。

「はい。竜閑橋の袂の神田請負地に住んでいるおせいって小唄のお師匠さんの家の宗助って下男でした」

「小唄のお師匠さんの家の下男……」

雲海坊は、何故か笑みを浮かべた。

「はい」

勇次は頷いた。

「おせい、どんな女だ」

弥平次は茶をすすった。

「元は芸者だそうでして、住んでいる家の持ち主の人形問屋のご隠居の囲われ者って噂もあります」

「人形問屋の隠居……」

「はい。京橋の京月って人形問屋です」

「京橋の京月か……」

京橋の人形問屋『京月』は老舗《しにせ》であり、大名旗本家御用達《ごようたし》の大店だった。

「で、宗助って下男、どんな年寄りなんだ」

「そいつが、長い間、旗本屋敷に奉公していたそうですが、病に罹って暇を出され……」

勇次は、自身番の番人に聞いた話を伝えた。

弥平次は、吐息を洩らした。

「それで、おせいに引き取られたのか……」

「はい」

「勇次、おせいと宗助、どんな拘わりなんだい」

雲海坊は尋ねた。

「そいつが分からないんです」

勇次は首を捻った。

「分からないか……」

「ええ……」

「親分、宗助は只の下男じゃあないかもしれませんね」

雲海坊は眉をひそめた。

「うん。雲海坊、その辺りを勇次と一緒に探ってみてくれ」

弥平次は命じた。

「承知しました」

「いいな。勇次……」

「はい」

勇次は頷いた。

「親分。只今、戻りました」

襖の向こうから幸吉の声がした。

「おう、入りな……」

「御免なすって……」

幸吉と由松が入って来た。

「おう。御苦労だったな。それで松崎清次郎、どんな具合だ……」

「そいつが、本宮文吾が殺されたと聞き、派手に怯えちまって……」

幸吉は苦笑した。

「陸でなしの二人の仲間と酒を飲んだのですが、落ち着かない様子でしてね。とどのつまりは、練塀小路の組屋敷に帰りましたよ」

由松は、侮りを過ぎらせた。

「そうか……」

弥平次は、苦笑して手を打った。

「御用ですか、お父っつぁん……」

お糸が顔を出した。

「ああ。お糸、酒を頼むよ」

「はい。只今……」

お糸は、笑顔で立ち去った。

「詳しい話は飲みながらだ……」

弥平次は、幸吉、雲海坊、由松、勇次たちの顔を楽しげに見廻した。

四谷《よつや》御門外にある武家屋敷街は、朝の忙しさも過ぎて静けさを取り戻していた。

秋山久蔵は、沢村安兵衛《さわむらやすべえ》の屋敷を訪れた。

沢村安兵衛は、二百石取りの徒目付組頭であり、久蔵と学問所で机を並べた仲だった。

「おう。久し振りだな、久蔵……」

安兵衛は、久蔵の待つ座敷にやって来た。

「うむ。無沙汰をしている」

「で、用はなんだ……」

久蔵は、肥った体軀に似合わない性急な安兵衛に苦笑した。

「相変わらずせっかちだな……」

「う、うん。まあな……」

安兵衛は、恥ずかしげに笑った。

久蔵は、そんな安兵衛が直心影流《じきしんかげりゅう》の使い手なのを知っている。

「で、その用なのだが、小石川は片町の三百石取りの本宮文蔵って旗本、知っているか」

「本宮文蔵……」

安兵衛は、戸惑いを浮かべた。

「うむ。以前は納戸方の役目に就いていたが、今は小普請だ」

「ああ。文吾の親父か……」

安兵衛は、文蔵より倅の文吾を知っていた。

「文吾を知っているのか……」

「うむ。だが、父親の文蔵は良く知らぬ……」

安兵衛は、申し訳なさそうに首を捻った。

「いや。知りたいのは倅の文吾の方だ」

久蔵は苦笑した。

「それなら良いが。で、本宮文吾、どうかしたのか……」

「刀も抜かず、滅多刺しで殺された」

「なに……」

安兵衛は驚いた。

「それで、ちょいと調べたのだが、文吾は武士の心得も満足にねえ陸でなしだと分かってな。そうなりゃあ、安兵衛の世話になった事があるかもしれねえと思ってな。何か知っているなら教えちゃあくれねえか」

「そうか。やっぱり無様に殺されたか……」

安兵衛は、微かな蔑みを過ぎらせた。

「ああ……」

久蔵は頷いた。

「去年、文吾の奴、金目当てに大店の娘と好い仲になったんだが、娘が身籠もってしまってな。文吾は慌てて手を切り、逃げを打ったんだが、仲間の馬鹿が娘が身籠もったのをねたに大店に強請を掛けやがった」

安兵衛は、眉をひそめて吐き棄てた。

「汚ねえ真似をしやがる……」

「ああ。それで娘の父親が伝手《つて》を頼って目付に訴え出てな。我らが動いたのだが……」

安兵衛は、腹立たしげに眉をひそめた。

「どうかしたのか……」

「身籠もった娘が大川に身投げをしたのだ」

「身投げ……」

久蔵は眉をひそめた。

去年、文吾の子を身籠もった大店の娘は身投げをした。

「十八歳の若さでな……」

「それで一件はどうなったんだ」

「肝心の身籠もった娘が身投げをしてしまい、何もかもがあの世に道連れだ……」

安兵衛は、悔しさを滲ませた。

「それで、本宮文吾たちはお咎《とが》めなしか……」

「ああ……」

「安兵衛、娘が身投げをしたのはいつだ」

「去年の冬の初め、今頃だったな」

「去年の今頃……」

久蔵の勘が揺れた。

「うむ。で、久蔵、文吾殺し、京月の娘の身投げと拘わりありそうなのか……」

「京月……」

久蔵は聞き返した。

「ああ。身籠もって身投げした娘は、京橋の人形問屋京月の娘だ」

「京月の娘か……」

久蔵は、南町奉行所に通う道すがら見掛ける看板を思い出した。

人形問屋『京月』は、京橋の袂の新両替町《しんりようがえちよう》一丁目にあった。

「うむ。どうだ、何か役に立つか……」

「ああ。大助かりだ」

久蔵は礼を述べた。

「そいつは良かった」

安兵衛は笑った。

「安兵衛、一件が片付いたら一杯やろう」

「そいつは楽しみだ」

「じゃあな……」

久蔵は、刀を手にして立ち上がった。

三

下谷練塀小路に冬の風が吹き抜けた。

幸吉と由松は、松崎屋敷の見張りを始めた。

松崎清次郎は、屋敷に籠《こ》もったまま出掛ける気配を見せなかった。

幸吉と由松は、松崎屋敷の斜向かいの御家人の屋敷の家作が空いているのを知り、見張り場所に借りた。

小旗本や御家人は、屋敷の前庭に家作を建てて町医者などに貸し、暮らしの助けにしていた。

幸吉と由松は、家作の窓から斜向かいの松崎屋敷を見張った。

冷たい風が吹き抜け、神田堀の水面に小波を走らせていた。

雲海坊と勇次は、小さな稲荷堂の陰から仕舞屋を見張った。

小唄の師匠のおせいは、時々訪れる弟子の稽古を付けていた。

下男の宗助は、近所の者たちと楽しげにお喋りをし、家の表の掃除に余念がなかった。

極普通の小唄の師匠の家のようだが、何かがある。

雲海坊と勇次は、見張りを続けた。

昼が過ぎた頃、おせいは宗助に見送られて出掛けた。

「よし、俺が追う……」

雲海坊は、古い饅頭笠を目深に被っておせいを追った。

勇次は、おせいを見送って掃除をする宗助を見張った。

日本橋の通りは賑わっていた。

おせいは、神田堀沿いから日本橋の通りに出て日本橋に向かった。

雲海坊は追った。

三十歳前後のおせいは、芸者あがりの小唄の師匠らしく粋な形をし、擦れ違う男たちを振り向かせていた。

好い女だぜ……。

雲海坊は、おせいの後ろ姿を追った。

おせいは室町を抜け、日本橋川に架かる日本橋を渡って進んだ。

何処迄行く……。

雲海坊は追った。

おせいは、京橋川に架かる京橋を渡った。そして、新両替町一丁目にある人形問屋『京月』の暖簾を潜った。

人形問屋『京月』……。

雲海坊は戸惑った。

人形問屋『京月』の隠居は、おせいの住む仕舞屋の持ち主であり、囲っている旦那だと噂されている。

もし、それが事実であれば、囲われ者の女が旦那の家に来た事になる。

雲海坊は、おせいが人形問屋『京月』に何しに来たか突き止めようとした。

「雲海坊じゃあねえか……」

雲海坊は、己の名を呼ぶ声に振り返った。

久蔵がいた。

「こりゃあ秋山さま……」

雲海坊は、久蔵に会釈をして京橋川の堀端に進み、『京月』を見詰めながら小声で経を読み始めた。

久蔵は、雲海坊の隣に佇んで京橋川を眺めた。

「人形問屋の京月か……」

久蔵は囁いた。

「はい。おせいって芸者あがりの小唄の師匠を追っています。秋山さまは……」

「殺された本宮文吾、京月の娘と拘わりがあってな……」

「文吾が京月の娘と……」

雲海坊は戸惑った。

「ああ。文吾の野郎、娘を孕《はら》ませた挙げ句、身投げに追い込んだそうだ……」

「身投げ……」

「ああ……」

「秋山さま。ちょいと御免なすって……」

雲海坊は久蔵に断わりを入れ、人形問屋の『京月』の裏手から出て来た中年の女中らしい女を追った。

久蔵は、苦笑しながら雲海坊を見送った。

中年の女中らしい女は、新両替町一丁目から木挽町《こびきちょう》に向かった。

　雲海坊は、中年の女中らしい女が三十間堀に架かる紀伊國橋《きのくに》に差し掛かった時、呼び止めた。

　中年の女中らしい女は、怪訝な面持ちで振り返った。

「やあ。お前さん、京月の人だね」

「は、はい。通いの女中ですが……」

「ちょいと教えて貰いたい事があってね」

　雲海坊は、中年の女中を紀伊國橋の袂に誘って素早く小粒を握らせた。

　中年の女中は、戸惑いながらも小粒を握り締めた。

「さっき、小唄のお師匠さんのおせいさんが京月に行ったね」

「えっ、ええ……」

　中年の女中は頷いた。

「おせいさん、何しに行ったのか分かるかな」

「そりゃあ、御隠居さまの処に……」

「御隠居さま……」

　やはり、おせいは人形問屋『京月』の隠居に逢いに来たのだ。

「ええ……」

「何の用で御隠居さまの処に来たのかな」

「さあ、そんな事は分かりませんが、父親と娘、偶《たま》に遊びに来たっておかしくありませんからね……」

「父親と娘……」

雲海坊は驚いた。

「ええ。おせいさん、御隠居さまと芸者だったお妾さんの間に出来た娘なんですよ」

「御隠居さまの娘……」

雲海坊は眉をひそめた。

おせいは、人形問屋『京月』の隠居の囲い者ではなく、娘だったのだ。

娘なら父親の持ち物である仕舞屋に住んでいてもおかしくはない。

雲海坊は、思わぬ事実に少なからず困惑した。

「お坊さま……」

中年の女中は、雲海坊の沈黙に小粒を固く握り締めた。

「ああ。で、御隠居さま、何て名前だい……」

雲海坊は、聞き込みを続けた。

久蔵は、京橋の袂に佇んで人形問屋『京月』を見張っていた。

「御無礼致しました」

雲海坊が戻って来た。

「おせいらしい女は出て来なかったし、京月にも妙な事はなかったぜ」

「畏れいります」

雲海坊は、久蔵が見張っていてくれたのに恐縮した。

「で、何か分かったかい……」

「はい。そのおせいですが、京月の隠居と妾の間に出来た娘でした」

「ほう。じゃあ隠居の娘か……」

「はい。ですから、文吾に孕まされて身投げした娘の叔母さんになりますか
……」

雲海坊は眉をひそめた。

「ああ。そうなると、おせいが文吾殺しに一枚嚙んでいても不思議はねえな」

久蔵は、その眼を鋭く輝かせた。

「はい……」

雲海坊は頷いた。

「雲海坊……」

久蔵は、雲海坊に目顔で人形問屋『京月』を示した。

おせいが、人形問屋『京月』から番頭に見送られて出て来た。

「じゃあ番頭さん、失礼しますよ」

おせいは、番頭に挨拶をして京橋を渡って行った。

「じゃあ秋山さま……」

「ああ。気をつけてな……」

「はい」

雲海坊は、久蔵に目礼しておせいを追って行った。

「こうなりゃあ、ちょいと様子を見るか……」

久蔵は、人形問屋『京月』を訪ねて探りを入れるのを止めた。

下谷練塀小路に西日が差し込んだ。

幸吉と由松は、斜向かいの御家人の組屋敷の家作から松崎屋敷を見張り続けた。

松崎屋敷の木戸が開き、清次郎が出て来て警戒した眼で辺りを見廻した。そして、不審な者がいないのを見定めて出掛けた。

「由松……」

幸吉は、転《うた》た寝をしていた由松を起した。

「清次郎が出掛けるぜ」

幸吉は、戸口に向かった。

「承知……」

由松は、寝惚け眼を擦りながら幸吉に続いた。

下谷練塀小路から下谷広小路……。

松崎清次郎は、油断なく周囲を警戒して人混みを抜け、湯島天神裏門坂道に進んだ。

幸吉と由松は追った。

湯島天神裏門坂道を抜けた松崎は、男坂をあがって湯島天神境内に出た。そして、境内を通って門前町の盛り場に向かった。

湯島天神門前町の盛り場には、既に暖簾を掲げている店があった。

松崎は、盛り場の外れにある居酒屋『鴬屋』の暖簾を潜った。

「鴬屋か……」

幸吉は苦笑した。

「知ってんですか……」

由松は戸惑った。

「ああ。此処の留造って亭主が、文吾や松崎の事を教えてくれたんだぜ」

それは、松崎たちは馴染の店だと思っているが、亭主は嫌っている証だ。

「そいつはいい……」

由松は笑った。

「武士の心得も満足にねえ奴らだ。他人がどう思っているのか気付く筈もねえさ」

幸吉は、蔑みを過ぎらせた。

「店に入ってみますか……」

「よし。俺は此処にいる。お前が入ってみな」

「合点です。じゃあ……」

由松は、幸吉を残して居酒屋『鶯屋』に入った。
幸吉は、大きく西に傾いた陽を眩しげに眺めた。

松崎清次郎は、店の隅で酒を飲んでいた。
由松は、亭主の留造に酒と肴を頼んで松崎の斜め後ろに座った。
松崎は、酒を飲みながら懐から書付けを出した。
昨日、宗助に渡された結び文……。
由松は気付いた。
松崎は、書付けを読みながら酒をすすった。
「おまちどお……」
亭主の留造が、由松に酒と肴を持って来た。
「おう。待ち兼ねた……」
由松は、嬉しげに手酌で酒を飲んだ。
宗助が松崎に渡した結び文は、ひょっとしたらおせいが書いたものかもしれない。
由松は、不意にそう思った。

だとしたら、おせいは何かを企んでいるのだ。

由松は、酒を飲みながら松崎を見守った。

居酒屋『鷲屋』の窓の障子は、夕陽に赤く染まり始めた。

おせいは、京橋の人形問屋『京月』から神田請負町の仕舞屋に戻った。

雲海坊は、仕舞屋を見張っている勇次の許に行った。

「どうでした……」

勇次は、雲海坊を迎えた。

「うん。いろいろ分かったぜ」

雲海坊は、久蔵に逢った事や、おせいと京橋の人形問屋『京月』の隠居が父娘だった事などを勇次に教えた。

勇次は、おせいと京月の隠居が父娘だと知って驚いた。

「で、秋山さまのお話じゃあ、京月の隠居の孫娘、去年、文吾に孕まされて身投げをしたそうだ」

「文吾に孕まされて身投げ……」

勇次は驚いた。

「ああ……」

「いろいろ出て来ますね……」

勇次は眉をひそめた。

「ああ。世間には思いも及ばねえ事が山ほどあるさ……」

雲海坊は苦笑した。

夕陽は既に沈み、神田堀に夜の帳が下り始めた。


日暮れは日毎に早くなる。

人形問屋『京月』の手代や小僧は、夕暮れと共に店仕舞いを始めた。

和馬は薄汚い袷《あわせ》と袴を着て浪人を装い、京橋の袂から人形問屋『京月』を見張っていた。

隠居の宗久《むねひさ》から眼を離すな……。

和馬は、久蔵にそう命じられた。

人形問屋『京月』の小僧が、立場《たてば》から町駕籠《まちかご》を呼んで来た。

誰かが出掛ける……。

町駕籠を使うのは旦那と家族、そして番頭ぐらいだ。勿論、その中には隠居の宗久も含まれる。

和馬は見守った。

やがて、人形問屋『京月』から白髪頭の老人が奉公人たちに見送られて現われ、町駕籠に乗り込んだ。

隠居の宗久……。

和馬は、白髪頭の老人が隠居の宗久と睨んだ。

隠居の宗久を乗せた町駕籠は、番頭たち奉公人に見送られて出掛けた。

夜、隠居の宗久は一人で何処に行く……。

和馬は、古びた塗笠を被って宗久の乗った町駕籠を追った。


仕舞屋の戸口に小さな明かりが揺れた。

勇次は、稲荷堂の陰で転た寝をしていた雲海坊を呼んだ。

「雲海坊の兄貴……」

雲海坊は、勇次の傍に寄って仕舞屋を見詰めた。

仕舞屋の戸口が開き、提灯《ちょうちん》を手にした宗助が出て来た。

宗助は、提灯を掲げて辺りに不審のないのを見定め、仕舞屋を振り向いた。

仕舞屋からおせいが現われた。
宗助とおせいは、提灯で足元を照らして神田八ッ小路に向かった。
雲海坊と勇次は、物陰を出て暗がり伝いに追った。

居酒屋『鶯屋』は客で賑わっていた。
松崎は酒を飲み、由松は見張り続けた。
「いらっしゃい……」
二人の若い武士が、亭主の留造に迎えられ店に入って来た。
二人の若い武士は、松崎の傍に座った。
仲間だ……。
由松は、緊張を過ぎらせた。
松崎と二人の若い武士は、厳しい面持ちで何事かを囁き合い始めた。
『鶯屋』は客の楽しげな笑い声で溢れた。

不忍池に魚が跳ね、波紋が静かに広がった。
人形問屋『京月』の隠居の宗久を乗せた町駕籠は、小田原提灯を揺らして不忍池の畔を進んだ。

和馬は、揺れる小田原提灯を目当てに尾行た。

町駕籠の小田原提灯が止まった。

和馬は、暗がりを小走りに進んだ。

宗久は、駕籠舁《かき》の介添えで町駕籠を下りた。

もう一人の駕籠舁が、黒塀に囲まれた仕舞屋の格子戸を叩いた。

「御隠居さまのお着きにございます」

格子戸が開き、提灯を持った屈強な男衆《おとこしゅ》と大年増の女将が出迎えに現われた。

「これは御隠居さま……」

「やあ、女将。後でおせいと宗助が来ますから、宜しくお願いしますよ」

「はい。心得ております」

女将は頷き、屈強な男衆に目配せをした。

「はい……」

男衆は頷いた。

「ささ、御隠居さま、どうぞお上がり下さい」

「うむ……」

宗久は、女将の案内で仕舞屋に入って行った。屈強な男衆は辺りを鋭く窺い、不審のないのを見定めて格子戸を閉めた。

和馬は、暗がりから見届けて詰めていた息を吐いた。

仕舞屋は決まった顧客だけを相手にする値の張る料理屋であり、屈強な男衆は只の下男や下足番ではなく腕に覚えのある者なのだ。

大店の旦那や大身武士が使う隠れ家のような料理屋……。

和馬は睨んだ。

「後でおせいと宗助が来るか……」

和馬は、宗久がおせいや宗助と落ち合う約束なのを知った。

夜が更けるにつれて寒さは募り、和馬は思わず身震いをした。

四

提灯の仄《ほの》かな明かりは、不忍池の畔を進んだ。

雲海坊と勇次は、提灯を手にして進むおせいと宗助を尾行た。

提灯の明かりは、既に大戸を閉めている茶店の前で止まった。

雲海坊と勇次は、雑木林に入って見守った。

宗助は提灯の火を吹き消し、おせいと共に茶店の軒下の暗がりに入った。

「何をする気ですかね……」

勇次は眉をひそめた。

「うん……」

雲海坊は、何故か不吉な予感を覚えた。

東叡山寛永寺の鐘が、戌の刻五つを打ち鳴らし始めた。

鐘の音は、不忍池の水面や木々の梢を小刻みに震わせた。


戌の刻五つの鐘は鳴り続けた。

松崎清次郎は、酒を飲み干して猪口を置いた。

「よし、行くぞ……」

松崎は、己を奮い立たせるように云って立ち上がった。

「ああ……」

二人の若い武士が続いた。

湯島天神門前の盛り場は、行き交う酔客で賑わっていた。

寛永寺の鐘は、戌の刻五つを鳴らし終えた。

松崎と二人の若い武士は、居酒屋『鶯屋』を出て盛り場の外に向かった。

幸吉が路地から現われ、松崎と二人の若い武士を追った。

由松が、居酒屋『鶯屋』から出て来た。そして、松崎と二人の若い武士を尾行る幸吉に並んだ。

「兄貴……」

「御苦労だったな。何処に行くんだ……」

幸吉は、前を行く松崎と二人の若い武士を示して囁いた。

「そいつは分かりませんが、松崎、宗助が届けた結び文を見ていましたぜ」

由松は囁き返した。

「結び文をか……」

「ええ。ひょっとしたらあの結び文、おせいの呼出し状じゃあないですかね」

「……」

由松は、己の睨みを囁いた。

「かもしれねえな……」

幸吉と由松は、盛り場を抜けて行く松崎たちを追った。

松崎と二人の若い武士は、湯島天神門前の盛り場から裏手に廻り、不忍池に向かった。

幸吉と由松は追い続けた。

黒塀に囲まれた料理屋の格子戸が開き、屈強な男衆が出て来た。

和馬は、暗がりから見守った。

屈強な男衆は、辺りを鋭く窺いながら不忍池の畔を下谷広小路に進んだ。その足取りは夜道に馴れたものだった。

何処に行く……。

和馬は気になり、屈強な男衆を尾行た。

茶店は闇に包まれていた。

おせいと宗助は、軒下の暗がりに潜み、気配をも消していた。

誰かが来るのを待っている……。

雲海坊と勇次はそう睨み、雑木林に身を隠して見守った。

僅かな時が過ぎた時、雑木林の奥に人影が入って来た。

「雲海坊の兄貴……」

勇次は眉をひそめた。

「うむ……」

雲海坊は、雑木林の奥に揺れる人影を見詰めた。

人影は、雑木林の木立の陰にしゃがみ込み、畔の茶店を見詰めた。

「誰ですかね……」

勇次は囁いた。

「さあな。それにもう一人現われたぜ……」

雲海坊は、しゃがみ込んだ人影の奥に新たな人影を見た。

「雲海坊の兄貴……」

勇次は、困惑を滲ませた。

新たな人影は、木立の陰にしゃがみ込んだ人影を見張るように潜んだ。

「あの身のこなし……」

雲海坊は、新たな人影の身のこなしに見覚えがあった。

「此処にいろ……」

雲海坊は、饅頭笠を取って錫杖を置き、新たな人影に忍び寄って行った。

屈強な男衆は、雑木林の木立の陰に身を隠して畔の茶店を見据えていた。

和馬は、男衆を背後から窺っていた。

「和馬の旦那……」

雲海坊の囁きが、背後から聞こえた。

和馬は、背後を振り向いた。

雲海坊が、笑みを浮かべて和馬に近付いた。

「雲海坊か……」

「誰ですか……」

「うん……」

雲海坊は、木立に身を隠して茶店を見詰めている男衆を示した。

和馬は、男衆が何者か手短に説明した。

「へえー、京月の御隠居ですか……」

「で、そっちは……」

「あの茶店の軒下におせいと宗助が来ているんですよ」

「おせいと宗助……」

「ええ。誰かが来るのを待っているようです」

「何かが起こるか……」

和馬は眉をひそめた。

「きっと……」

雲海坊は、厳しい面持ちで頷いた。

僅かな刻が過ぎ、畔を一人の武士がやって来た。

「松崎の野郎だ……」

和馬は、緊張を滲ませた。

やって来た武士は、松崎清次郎だった。

「ええ……」

雲海坊は喉を鳴らした。

松崎清次郎は、茶店に向かいながら不安げに背後を振り返った。

二人の若い武士が、背後の暗がりを来るのが窺えた。

松崎は、安堵の表情を浮かべて茶店に向かった。

幸吉と由松は、松崎と二人の若い武士の後ろ姿を見据えて追って来ていた。

松崎清次郎は、不忍池の畔の茶店を不安げに窺った。

おせいが、不意に茶店の軒下の暗がりから現われた。

松崎は、不意に現われたおせいに驚き、無様に怯んだ。

おせいは、思わず嘲笑を浮かべた。

「お、おせいか……」

松崎は驚いたのを恥じ、慌てて胸を反らせた。

「松崎さま、本当に五十両を渡せば、おすずの事、何もかも忘れてくれるのですね」

おせいは、松崎を冷たく見据えた。

「ああ。一度は忘れようとした話だが、本宮文吾がどうしてもと言い出してな……」

松崎は、取り繕うように笑った。

「そうですか……」

おせいは、松崎に怒りを覚えずにはいられなかった。

他人の哀しみや弱味に付け込んで強請を働く汚い男……。

おせいは、憎しみと蔑みの眼で松崎を睨み付けた。

松崎は思わずたじろいだ。

刹那、おせいの背後の闇に人影が動いた。

人影は匕首を握った宗助だった。

「危ねえ」

「松崎……」

二人の若い武士が叫んで地を蹴った。

宗助は、構わず松崎に突き掛った。

松崎は、狼狽えながらも咄嗟に躱した。

おせいが、帯の間から匕首を抜いて松崎に体当たりをした。

松崎は、顔を醜く歪めて棒立ちになった。

「おのれ……」

二人の若い武士は怒声をあげ、松崎、おせい、宗助に駆け寄った。

幸吉と由松、そして勇次は飛び出した。

「雲海坊、奴を頼む」

和馬は、雲海坊に屈強な男衆を頼み、猛然と茶店に走った。

おせいと宗助は立ち竦んだ。

二人の若い武士は、駆け寄った幸吉、由松、勇次、そして和馬に怯み、慌てて逃げようとした。

松崎は、刺された腹から血を流しながら逃げようともがいた。

幸吉、由松、勇次は、逃げようとした二人の若い武士に襲い掛かった。

「お、おせいさん、早く……」

宗助は、おせいを逃がそうとした。

「動くんじゃあない」

和馬は一喝し、十手を翳《かざ》した。

おせいと宗助は、呆然と立ち尽くした。

「神妙にしやがれ」

幸吉、由松、勇次に容赦はない。

二人の若い武士は、幸吉、由松、勇次に叩きのめされて縄を打たれた。

屈強な男衆は、事の顛末を見届けて雑木林をひっそりと立ち退いた。

雲海坊は追った。

松崎清次郎は、腹から血を流して気絶していた。

「武士の癖に刀を抜きもせず、腹を刺されて気を失うとは呆れたもんだ」

和馬は、気を失っている松崎を嘲笑した。

おせいと宗助は、微かな戸惑いを覚えた。

「おせい、宗助、切通しで本宮文吾を滅多刺しにして殺したのはお前たちだな」

「はい……」

おせいは、素直に頷いた。

「うむ……」

和馬は、おせいが覚悟を決めたと見定めて微笑んだ。

「和馬の旦那……」

幸吉が駆け寄って来た。

「御苦労だったな、幸吉……」

「まったく、見た目と口先だけの手応えのない野郎共ですよ」

幸吉は、由松と勇次に縄を打たれている二人の若い武士を一瞥して吐き棄てた。

「よし。人を呼んでくれ」

「承知……」

幸吉は、呼子笛を吹き鳴らした。

呼子笛の音は、夜空に甲高く響き渡った。

行燈《あんどん》の明かりは、宗久の深い皺の刻まれた顔を仄かに照らしていた。

屈強な男衆は、見て来た事を静かに報せた。

「そうか。おせいと宗助、松崎清次郎の腹を刺したが、お縄になったか……」

「はい。おせいさんと宗助さん、それに松崎たち、既に同心や岡っ引たちに眼を付けられていたようです」

屈強な男衆は告げた。

「そうか……」

宗久は頷いた。

「御隠居さま、こうなると……」

屈強な男衆は眉をひそめた。

「覚悟の上だよ……」

宗久は微笑んだ。

「御隠居さま……」

「造作を掛けたね」

宗久は、話を打ち切るかのように猪口の酒を飲み干した。

行燈の明かりは瞬《またた》いた。


大番屋の詮議所は、夜明けの冷え込みが抜けきっていなかった。

秋山久蔵は詮議所の座敷に座り、和馬のおせい取調べを見守った。

おせいは、旗本の本宮文吾を滅多刺しにして殺したのを素直に認めた。

「本宮文吾は、姪のおすずを身籠もらせ、飽きた玩具《おもちゃ》のように棄てた薄情な男。そして、その事で京月に強請を掛け、おすずを身投げに追い込んだ外道《げどう》。滅多刺しにしても気が済まない程に恨み、憎んでいましたよ」

「文吾と松崎、おすずが身投げをしたので強請を止めたんじゃあないのか……」

和馬は眉をひそめた。

「汚い外道、熱《ほとぼ》りが醒《さ》めるのを待っていただけなんですよ」

おせいは、怒りを滲ませた。

「それで、本宮文吾を切通しに誘い出し、滅多刺しにして殺したか……」

「はい。強請の五十両を払うと報せたら尻尾《しっぽ》を振って来ましたよ」

「松崎にもそう報せたんだな」

「ええ。本宮文吾が来なかったので、松崎に渡したいと報せたら疑いもせず、金に眼が眩んで。愚かな者たちですよ」

おせいは冷たく笑った。

「おせい……」

久蔵は、おせいに笑い掛けた。

「はい……」

おせいは、久蔵に警戒の眼差しを向けた。

「京月のおすずは姪。叔母のお前の一存で殺すとは、俄《にわか》に頷けねえんだがな」

「秋山さま。おすずは小さな時から祖父の妾の娘の私をおばちゃんと懐《なつ》き、慕ってくれました。とても可愛いたった一人の姪なんです」

おせいは微笑んだ。

「成る程な。だったら宗助は、どうして手を貸したのかな……」

「宗助は、家の奉公人。主の私に忠義立てをして手伝ってくれただけです。本宮文吾を殺し、松崎清次郎を刺したのは私です。で、松崎は……」

おせいは、久蔵に尋ねた。

「松崎清次郎はどうにか助かるそうだ」

「助かる……」

「ああ……」

「そうですか……」

おせいは、残念そうに項垂れた。

「おせい。此度《こたび》の一件の裏には、人形問屋京月の隠居、お前の父親の宗久が潜んでいるんじゃあねえのかな」

久蔵は、おせいを見据えた。

「秋山さま。父の宗久は何も知りませんし、何の拘わりもありません。何もかも私の一存でやった事です」

おせいは、胸を張って久蔵を見詰めて微笑んだ。一点の曇りもない、覚悟を決めた美しい笑顔だった。

「よし。いいだろう。良く分かった……」

久蔵は、おせいの覚悟を見届けた。

久蔵は、南茅場町の大番屋から数寄屋橋御門内の南町奉行所に戻った。

南町奉行所には、京橋の人形問屋『京月』の隠居の宗久が、久蔵の帰るのを待っていた。

「ほう。京月の隠居がな……」

久蔵は、『京月』の隠居の宗久を用部屋に通した。

宗久は、用部屋の敷居際に座って平伏した。

「京橋の人形問屋京月の隠居の宗久にございます。この度は……」

「挨拶はそのぐらいで結構だぜ。中に入って障子を閉めてくれ」

「は、はい……」

宗久は、用部屋に入って障子を閉めた。

「俺が秋山久蔵だが、娘のおせいの一件かい」

久蔵は、気さくに声を掛けた。

「左様にございます。おせいは、私の言い付けで本宮文吾さまと松崎清次郎さまを刺したのでございまして、悪いのは私にございます」

宗久は、久蔵に自訴したのだ。

「宗久、そいつは違う。おせいは、己の一存で可愛い姪のおすずの恨みを晴らしたと云い張っているぜ」

久蔵は、宗久を厳しく見据えて告げた。

「秋山さま。おせいは手前に恩返しをしようとしているのでございます」

「恩返し……」

久蔵は眉をひそめた。

「はい。おせいは、私が或る女を妾として囲った時、既に身籠もっていた子にございます」

「身籠もっていた……」

「左様にございます」

「ならば、おせいは宗久、お前の実の子じゃあねえのか……」

「はい。ですが、生まれた時から知っている我が子同然の娘。世間には娘だと

「……」

「成る程。それで恩返しか……」

久蔵は笑った。

「きっと。それにおすずはおせいに懐き、慕っており、おせいは可愛がって……」

久蔵は、不意にある疑念に衝き上げられた。

「宗久、おせいの処の下男の宗助、ひょっとしたら、おせいの実の父親じゃあねえのかな」

久蔵は、浮かんだ疑念を宗久に告げた。

「秋山さま……」

宗久は、驚いたように久蔵を見詰めた。

「どうなんだい……」

「仰る通りにございます」

「やはりな。宗助は病に罹って奉公先の旗本屋敷から追い出された。その宗助が、おせいの実の父親と知り、お前は宗助の面倒を見てやったんだな」

「はい……」

「おせいと宗助、そいつも含めた恩を返そうとしたか……」

「秋山さま、悪いのは恩を着せて人を殺めさせた私にございます。どうか、おせいと宗助はお目こぼしを。お願いにございます」

宗久は平伏した。

「実はな宗久。本宮文吾は殺されたのじゃあなく、病で死んだとされているんだ」

久蔵は苦笑した。

「えっ……」

「刀を抜かずに滅多刺し、武家にとっちゃあ恥曝《はじさら》しの虚け者。そんな者がいちゃあ拙《まず》いって奴だ。おそらく松崎清次郎も刺されたんじゃあなくて、馬にでも蹴られて怪我をした事にでもなるんだろうな……」

「と仰いますと……」

「本宮文吾殺しと松崎清次郎を刺した一件は、此の世にありはしねえんだよ」

「そ、そんな……」

宗久は戸惑った。

「宗久、おせいと宗助、お咎めなしで放免とはいかねえが、死罪や遠島は決してねえ。安心するんだな」

「秋山さま……」

宗久は、久蔵を呆然と見詰めた。

「宗久、武家の体面と下らねえ見栄、時には役に立つ事もあるようだぜ」

久蔵は楽しげに笑った。

「忝のうございます……」

宗久は平伏した。

久蔵の楽しげな笑い声は、南町奉行所に響き渡った。

# 第四話

# 尾行者

# 一

師走《しわす》——十二月。

八日は事始め。新年を迎える仕度に掛かり、正月用の道具を取り出す。そして、十三日の煤払《すすはら》いを経て大晦日《おおみそか》を迎える。

日本橋川を行き交う荷船の船頭は、頬被りをして綿入れ半纏を着込んで寒さを凌《しの》いでいた。

岡っ引の柳橋の弥平次は、養女のお糸と日本橋川に架かる江戸橋に差し掛かった。

江戸橋を渡ると本材木町一丁目になり、日本橋川と結ぶ楓川《もみじがわ》に出る。その楓川を東に越えると、御組屋敷の連なる八丁堀となる。

弥平次とお糸は、八丁堀岡崎町の秋山屋敷に向かっていた。

与平とお福の隠居所は、今月の始めに出来ていた。

弥平次とお糸が秋山屋敷に行くのは、時候の挨拶と与平お福の隠居所が出来た祝いの為だった。

「与平さんとお福さん、本当に幸せよね」

お糸は、おまきが用意した祝いの品を提げていた。

「うん。秋山さまと奥さまがお優しいのは云う迄もないが、与平さんとお福さんが秋山家にどんなに忠義を尽くして来たかだよ……」

弥平次は微笑み、楓川沿いの道を進んだ。

「ええ……」

お糸は頷いた。

不意に女の悲鳴があがり、男たちの怒声が飛び交った。

弥平次は、悲鳴と怒声のあがったのが青物町の通りだと見極め、走った。

お糸は続いた。

青物町の通りには、行き交っていた人々が恐ろしげに遠巻きにしていた。

「済まない。退いてくれ」

弥平次は、遠巻きにしている人々を掻き分けて前に出た。

瘦身の中年浪人が、四人の若い武士に囲まれていた。

弥平次は見守った。

「何故、我らの後を尾行る」

着流しの若い武士が、険しい面持ちで痩身の中年浪人に問い質した。

「お前たちの悪事を見定める為……」

中年浪人は、若い武士たちを見据えて静かに云い放った。

四人の若い武士は、微かな狼狽を浮かべて顔を見合わせた。

「悪事を見定めるだと……」

着流しの若い武士は、微かに浮かんだ狼狽を懸命に押し隠した。

「そうだ。お前たちが働く悪事だ……」

中年浪人は冷笑を浮かべた。

「お、おのれ……」

袴を着けた若い武士は、声を震わせて中年浪人に斬り付けた。

中年浪人は、僅かに身を反らして刀を躱し、腕を取って鋭い投げを打った。

袴を着けた若い武士は、激しく地面に叩き付けられた。

土埃が舞い上がった。

強い……。

弥平次は、中年浪人が恐ろしい程の手練《てだ》れだと知った。

知ったのは、弥平次だけではなかった。

着流しの若い武士たちは、恐怖に駆られて思わず後退りをした。

「さあ、悪事を働きに行くが良い……」

中年浪人は、蔑みの眼を向けて踏み出した。

着流しの若い武士は、身を翻して日本橋の通りに向かった。

残る三人の若い武士たちが、慌てて続いた。

見守っていた人々が道を開けた。

中年浪人は、四人の若い武士を追った。

弥平次は、背後を振り返ってお糸を捜した。

「お父っつぁん……」

お糸が駆け寄った。

「お糸、先に秋山さまのお屋敷に行っていな」

「はい……」

弥平次は、お糸を残して中年浪人を追った。

お糸は、心配げに見送った。

「お嬢さんじゃありませんか……」

しゃぼん玉売りの由松が、駆け寄って来た。

「あっ、由松さん……」

「侍が揉めていると聞いて来たんですが……」

「お父っつぁんが追ったわ」

「親分が……」

由松は眉をひそめた。

「ええ。由松さんも追っ掛けて……」

「承知……」

由松は、日本橋の通りに走った。

お糸は見送り、楓川に架かる海賊橋《かいぞくばし》を渡って八丁堀岡崎町の秋山屋敷に急いだ。

中年浪人は、日本橋を渡って室町に進んだ。

弥平次は追った。

中年浪人の前には、四人の若い武士たちがいる。

弥平次は、四人の若い武士を旗本御家人の子弟だと睨んだ。

分からないのは中年浪人だ……。

中年浪人は、四人の若い武士の悪事を見定めると云い放った。

誰かに似ている……。

そうした思いが、不意に弥平次の脳裏を過ぎった。

中年浪人は、落ち着いた足取りで若い武士たちを追っている。

弥平次は、慎重に中年浪人を追った。

「親分……」

由松は、背後から来て弥平次に並んだ。

「おう。丁度良かった」

「はい。お嬢さんに聞きましてね……」

「そうか……」

「あの浪人ですか……」

由松は、前を行く中年浪人を示した。

「ああ。あの中年浪人は、四人の若い武士を追っている」

「どう云う事ですか……」

由松は戸惑った。

弥平次は、事の次第を手短に教えた。

「悪事ですか……」

「うむ。それで由松。お前は先に行って四人の若い武士の素性を突き止めろ」

「はい……」

「中年の浪人は、かなりの使い手だ。呉々も気をつけるんだぜ」

弥平次は命じた。

「承知。じゃあ御免なすって……」

由松は、裏通りに駆け込んで行った。

弥平次は、中年浪人を尾行た。

木の香りは柔らかく満ちていた。

「良い香り……」

お糸は、増築された隠居所の居間の縁側に佇んで庭を眺めた。

小さな庭は建仁寺《けんにんじ》垣《がき》で囲まれ、手入れされた植木が葉を微風に揺らしていた。

「お糸ちゃん、お茶が入ったよ」

「はい……」

お糸は、短い廊下で繋がれた母屋の台所に戻った。

お福が、囲炉裏端で茶を淹れていた。

「良いですねえ、木の香り……」

「本当にねえ。私、新築の家は生まれて初めてでね。ありがたい話だよ。さあ、どうぞ……」

お福は、肥った身体を揺らしてお糸に茶を差し出した。

「すみません。頂きます」

お糸は、湯気の漂う茶を飲んだ。

「お礼を云うのはこっちですよ。あんな立派なお祝い貰って。女将さんに呉々も宜しくお伝え下さいね」

「はい。それで与平さんは……」

「大助さまと散歩ですよ」

「大丈夫なんですか……」

お糸は心配した。

「大助さまの散歩のお供をしていてあの世に行けたら本望だって、そんな事になったら迷惑なのは大助さま。だから、太市ちゃんが後をね……」

お福は苦笑した。

「あら、ま……」

与平と大助の散歩には、太市と云う付け馬が付いている。

「おう。お糸、達者だったかい……」

久蔵が、香織と共にやって来た。

「これは旦那さま……」

お糸は、時候の挨拶と増築祝いの言葉を述べた。

「うむ。結構な祝い。礼を云うよ」

「いえ……」

「旦那さま、弥平次の親分さんの事を……」

香織は久蔵を促した。

「ああ。お糸、柳橋の、揉めていた侍共を追ったんだって……」

久蔵は眉をひそめた。

お糸は秋山屋敷を訪れた時、一緒に来た弥平次が揉めていた四人の若い武士と中年浪人を追った事を香織に告げていた。

「はい。それで由松さんが偶々来たので、後を追って貰いました」

「そうか。で、どんな奴らなんだ……」

「それが、中年の御浪人さんが、四人の若いお侍さんたちに、お前たちの悪事を見定める為に尾行ているんだと……」

お糸は、眉をひそめて告げた。

「ほう。中年の浪人、そう云ったのか……」

「はい」

「そいつは面白いな……」

久蔵は笑みを浮かべた。

「旦那さまが居合わせたら、やはり弥平次の親分さんのように追ったでしょうね」

香織は、悪戯っぽく微笑んだ。

「ああ。香織の睨みに間違いはないぜ……」

久蔵は苦笑した。

庭先に大助と与平、そして太市の笑い声が響いた。

神田八ッ小路は、八方に続く道がある処から付けられた名である。

四人の若い武士は、八方に続く道の一つである神田川沿いの淡路坂《あわじざか》を上がった。

中年浪人は、これ見よがしに己を曝して後に続いた。

弥平次と由松は、それぞれの手立てで慎重に後を追った。

四人の若い武士は、淡路坂を進んで連なる武家屋敷の一つの前に立ち止まった。

中年浪人は、一定の距離を保って立ち止まり、四人の若い武士を見詰めた。

四人の若い武士は、中年浪人を腹立たしげに睨み付けた。そして、着流しの若い武士は、残る三人に何事かを云い、武家屋敷に入って行った。

残された三人の若い武士は、そのまま淡路坂を進んだ。

由松は、三人の若い武士を追った。

中年浪人は見送り、着流しの若い武士が入った武家屋敷を見詰めた。

狙いは着流しの若い武士……。

弥平次は、中年浪人の狙いが四人の頭株である着流しの若い武士と睨んだ。

中年浪人は、武家屋敷を見張り続けた。

四半刻が過ぎた。

着流しの若い武士が入った武家屋敷は、表門や潜り戸を閉めたままだった。

着流しの若い武士は、もう動かない……。

中年浪人はそう見極めたのか、淡路坂を下り始めた。

弥平次は、慎重に追った。

神田川には冷たい風が吹き抜けた。

三人の若い武士は、寒そうに身を縮めて水道橋を渡り、神田川の北岸の道を神田に戻り始めた。

中年浪人を恐れ、淡路坂を戻らずに水道橋に迂回したのだ。

由松は、苦笑しながら三人の若い武士を追った。

神田川沿い柳原通りは、神田八ッ小路と両国広小路を結んでいる。

中年浪人は、柳原通りを両国広小路に向かった。

弥平次は追った。

中年浪人は、和泉橋の袂を過ぎて南に曲がり、松枝町《まつがえちょう》に向かった。そして、松枝町の辻を西に折れた。

弥平次は、足取りを速めて中年浪人を追った。そして、松枝町の辻を西に曲がった。

そこに中年浪人の姿は見えなかった。

撒かれた……。

弥平次は辺りを窺った。

稲荷堂の赤い幟旗《のぼりばた》が風に揺れていた。

玉池稲荷……。

弥平次は、足早に玉池稲荷に進んで境内に入った。

境内には古い茶店があり、参拝客はいなかった。

弥平次は、参拝客のいない境内を見廻した。

「私に何か用か……」

中年浪人が、茶店の縁台に腰掛けて茶を飲んでいた。

尾行は見破られていた……。

弥平次は、思わず苦笑した。

「これは御無礼致しました。あっしは柳橋の弥平次と申しまして、お上の御用を承っている者にございます」

後ろめたい事があれば、それなりの動きをする筈だ。

その時はその時……。

弥平次は、覚悟を決めて懐の十手を見せた。

「ほう。おぬしが柳橋の弥平次か……」

中年浪人は、弥平次の名を知っており、穏やかな笑みを浮かべた。

「はい。御武家さまが、青物町で若いお侍に悪事を見定めると仰ったのが気になりましてね。それでつい。御無礼致しました」

「いやいや。岡っ引の親分なら気になって当然。詫びる事はない。まあ、掛けるが良い」

中年浪人は微笑み、弥平次に隣に腰掛けるように促した。

「こいつは畏れいります……」

弥平次は、中年浪人の隣に腰掛けて茶店の者に茶を注文した。

「処で御武家さま……」

「親分、私は甲州浪人の本間左門《ほんまさもん》だ……」

中年浪人は名乗った。

「本間左門さま……」

「うむ……」

「本間さま。先程の若いお侍たち、どんな悪事を働いていると……」

弥平次は、本間左門を窺った。

「人殺しだ……」

本間左門は、その眼に険しさを過ぎらせた。

「人殺し……」

弥平次は眉をひそめた。

風が吹き抜け、玉池稲荷の赤い幟旗が音を鳴らしてはためいた。


一膳飯屋は昼飯時も過ぎ、店内に客は少なかった。

三人の若い武士は、一膳飯屋の奥で酒を飲んでいた。

由松は、三人の若い武士に背を向けるように座り、酒をすすった。

三人の若い武士は、水道橋に迂回して神田明神門前の一膳飯屋に来て酒を飲み始めた。

由松は、背中越しに三人の若い武士の話に聞耳を立てた。

「それにしても、京一郎《きょういちろう》の奴、随分怯えているじゃあないか……」

若い武士の一人が苦笑した。

屋敷に戻った着流しの若い武士は〝京一郎〟と云う名だ。

由松は知った。

「新八《しんぱち》、あの浪人はかなりの手練れだ。下手な真似はしない方が良い」

地面に叩き付けられた若い武士は、苦々しい面持ちで酒を呷った。

「ふん。惨めに地べたに這《は》い蹲《つくば》れば、誰でも手練れに思えるか……」

残る若い武士が、嘲りを浮かべた。

「何だと、弥太郎《やたろう》……」

地面に叩き付けられた若い武士が、刀を握って立ち上がった。

由松は振り返り、一膳飯屋の親父が眉をひそめた。

「止めろ、源之助《げんのすけ》、弥太郎……」

新八は、素早く制して由松や一膳飯屋の親父を示した。

源之助は、不服げに座った。

「何でもない。気にしないでくれ」

新八は、由松や親父に笑顔を向けた。

「へ、へい……」

由松は頷いた。

弥太郎は、嘲りを浮かべて酒を飲んだ。

「ま、飲め……」

新八は、源之助の猪口に酒を満たした。

新八、源之助、弥太郎……。

そして、京一郎と云う着流しの若い武士。

由松は、四人の若い武士の名を知った。

「で、新八、これからどうする」

弥太郎は、手酌で酒を飲んだ。

「賭場に行くぜ……」

新八は、猪口の酒を飲み干した。

由松は、三人の話を聞きながら酒をすすった。

二

手焙《てあぶ》りの炭は赤く熾《お》きていた。

「ま、暖まると良い……」

久蔵は、訪れた弥平次に手焙りを押した。

「畏れいります」

弥平次は、礼を述べて手焙りに両手を翳した。

「で、浪人と四人の若い侍、何か分かったのかい……」

久蔵は茶を飲んだ。

「若い武士たちは由松に追わせ、私は中年の浪人を追いましてね」

「ほう、中年の浪人をな……」

「はい。甲州浪人で名は本間左門。それで尾行ているのを見破られましてね」

弥平次は、苦笑しながら茶をすすった。

「尾行を見破られた……」

久蔵は眉をひそめた。

「はい。私も焼きが廻りましたよ」

「いや。それ以上に本間左門。かなりの使い手のようだな」

久蔵は睨んだ。

「はい……」

弥平次は、真剣な面持ちで頷いた。

「それで本間左門、柳橋の尾行を見破ってどうしたんだ」

「玉池稲荷の茶店で一緒に茶を飲みましたよ」

「ほう……」

久蔵は微笑んだ。

「で、若い武士たちがどんな悪事を働いているのか分かったのか……」

「それなんですがね。若い武士に白崎《しらさき》京一郎ってのがおりまして、そいつが甲州で人を殺したと云うのです」

「甲州で人殺し……」

久蔵は、厳しさを滲ませた。

「はい。白崎家は二千石取りの旗本で甲州石和《いさわ》に領地がありまして、今年の夏、京一郎は遊山《ゆさん》を兼ねて行ったそうです」

「そこで人を殺したと云うのか……」

「はい」

弥平次は頷いた。

「そして、本間左門、江戸に白崎京一郎を追って来たか……」

久蔵は読んだ。

「きっと……」

弥平次は、厳しさを過ぎらせた。

「きっと……」

久蔵は戸惑った。

「はい。本間さん、それ以上、詳しい事を教えちゃあくれないんですよ」

「そうか。で、柳橋の見た処はどうなんだ」

「本間さんの云っている事に嘘偽りはないものと……」

弥平次は告げた。

「そうか……」

久蔵は頷いた。

「旦那さま……」

香織が廊下に来た。

「おう……」

「失礼します」

香織は障子を開け、酒を持って入って来た。

お糸が、肴を持って続いてきた。

「さ。柳橋の、後は一杯やりながらだ」

久蔵は笑った。

夜の大川に船の明かりは疎《まば》らだった。

柳橋の船宿『笹舟』は、船遊びをする客も途絶えて静かだった。

船宿『笹舟』に戻った由松は、弥平次の居間を訪れた。

「御苦労だったな……」

弥平次は労った。

「いいえ……」

「で、あの三人、どうした」

「水道橋から神田明神門前に廻り、一膳飯屋で酒を飲んで浅草今戸の賭場に行きました」

由松は、三人の若い武士が今戸の寺の賭場で博奕を始めたのを見届けて戻って来た。

「賭場か……」

「はい。苗字は未だですが、源之助、弥太郎、新八って名でして、着流しは京一郎と……」

「うむ。白崎京一郎、二千石取りの旗本の倅だよ」

「そうですか……」

「そして、あの中年の浪人は本間左門……」

弥平次は、本間左門との顚末を苦笑混じりに話した。

「それはそれは……」

悪い人じゃあない……。

由松は、本間左門の人柄をそう睨んだ。

「それにしても、甲州で人殺しとは……」

由松は眉をひそめた。

「うん。甲州石和での人殺しの件は、秋山さまが調べてくれる。こっちは本間さんと京一郎たちを見張る」

本間左門は、明日も白崎京一郎を尾行廻す筈だ。

そこには、本間左門の京一郎への挑発が秘められている。

久蔵はそう睨み、町方の者が巻き込まれるのを恐れ、弥平次に本間左門と白崎京一郎の見張りを命じたのだ。

弥平次は、下っ引の幸吉を呼んで手配りをした。

凍て付いた夜空に、大川を行く船の櫓の音が甲高く響いた。

淡路坂の白崎屋敷は、主の将監《しょうげん》が作事奉行をお役御免になって以来の無役であり、出仕する事もなく表門を閉めていた。

辰《たつ》の刻五つ（午前八時）が過ぎた頃、淡路坂を中年の浪人があがってきた。

本間左門……。

由松は、幸吉、雲海坊、勇次に淡路坂をあがって来た中年の浪人が本間左門だと教えた。

本間左門は、白崎屋敷の門前を見通せる処に潜んだ。

幸吉、雲海坊、由松、勇次は、白崎屋敷と本間を見張った。

時が過ぎ、新八と云う名の若い武士が白崎屋敷にやって来た。

「野郎が新八ですぜ……」

由松は、白崎屋敷の潜り戸を叩く新八を示した。

新八は、中間《ちゅうげん》が開けた潜り戸から白崎屋敷に入った。

「新八、京一郎を迎えに来たんだろう。間もなく出掛けるぜ」

幸吉は睨んだ。

「うん……」

雲海坊は、草鞋《わらじ》の紐を締め直し、古びた饅頭笠を被った。

「じゃあ、手筈通りにな……」

幸吉と由松は白崎京一郎たちを尾行し、雲海坊と勇次が本間左門を追う。

幸吉たちはそう決めていた。

白崎屋敷の潜り戸が開き、新八と白崎京一郎が出て来た。

京一郎と新八は、険しい眼で周囲を見廻した。

「奴が白崎京一郎……」

由松は、眉をひそめて幸吉、雲海坊、勇次に告げた。

京一郎と新八は、周囲に不審がないと見定めたのか、淡路坂を神田八ッ小路に向かった。

「じゃあ、由松……」

「はい」

幸吉と由松は、背後を来る筈の本間左門を警戒し、連携を取り合う手筈を決めて京一郎と新八の尾行を開始した。

物陰から本間左門が現われ、京一郎と新八を追った。

「さあて、俺たちも行くぜ」

雲海坊は、古びた饅頭笠を被り直して本間を追った。

勇次が続いた。

京一郎と新八は、何処かで弥太郎や源之助と落ち合う筈だ。

京一郎と新八は、八ッ小路に進んだ。

本間左門は追った。

幸吉、由松、雲海坊、勇次は、前後左右に位置を変えながら尾行をした。


江戸城御曲輪《おくるわ》内大名小路は、行き交う者もなく静けさに包まれていた。

久蔵は、定町廻り同心の神崎和馬を伴って大名小路を神田橋御門に向かった。

そして、神田橋御門を渡り、勘定奉行の役宅を訪れた。

勘定奉行は勝手方と公事方《くじかた》があり、諸国の代官を管掌《かんしょう》し、収税、徭役《ようえき》、金穀《きんこく》の出納《すいとう》と幕府領内の領民に関する訴訟を扱った。

旗本二千石の白崎将監は、甲州石和の天領に領地を与えられており、そこでの出来事は勘定奉行公事方の扱いなのだ。

久蔵は、天領の訴訟を取扱う公事方と逢い、今年の夏に甲州石和で人殺しがあったかどうか尋ねた。

「今年の夏ですね。少々お待ち下さい」

公事方の書役《かきやく》は、気軽に調べてくれた。

「ありましたよ。酷いのが……」

書役は、『甲州石和御用留帳』と表書きされた冊子を持って来て、ある頁を開いて久蔵に渡した。

「いろいろありますが、今年の夏に起きた人殺しは、盗賊が石和宿の織物屋に押し込んで主夫婦と子供を二人、それに三人の奉公人の都合七人を皆殺しにして、金を奪った件しかありません。秋山さまがお探しの件は、おそらくこれかと……」

「盗賊の押し込み……」

和馬は眉をひそめた。

「はい。石和代官所から送られて来ている御用留帳にはそう。酷い一件ですよ」

「秋山さま……」

書役は、眉根を寄せて頷いた。

「ああ。石和代官は何方かな……」

「篠原郡兵衛《しのはらぐんべえ》どのですね」

書役は戸惑った。

「和馬、篠原郡兵衛と白崎将監の拘わりを調べろ」

「はい……」

「それから、今年の夏、白崎京一郎、石和には誰と一緒に行ったのかもな……」

久蔵は命じた。

「心得ました」

和馬は頷いた。

「済まないが、この御用留帳、ちょいと貸しちゃあ貰えないかな」

「明日の昼迄に返して戴ければ……」

書役は頷いた。

「忝ねえ……」

久蔵は礼を述べた。

人々は寒さに身を縮め、足早に行き交っていた。

白崎京一郎と新八は、神田八ッ小路から神田川に架かる昌平橋を渡り、明神下の通りを不忍池に向かった。
幸吉と由松は入れ替わったり、裏通りを併行したりして尾行た。
本間左門は追った。
雲海坊と勇次は、本間左門を慎重に追った。

不忍池は鈍色に輝いていた。
京一郎と新八は、不忍池の畔に立ち止まった。
幸吉は、素早く雑木林に身を隠した。
京一郎と新八は振り返った。
本間は身を隠しもせず、京一郎と新八に笑い掛けた。
京一郎と新八は、腹立たしげに本間を睨み付けて歩き出した。
幸吉は再び尾行た。
本間は、京一郎と新八を追った。
雲海坊と勇次は続いた。
京一郎と新八は、人気のない不忍池の畔を進んだ。

幸吉は、雑木林伝いに追った。

「幸吉の兄貴……」

先行していた由松が戻って来た。

「どうした……」

「この先の茶店に妙な浪人共がいますぜ」

由松は眉をひそめた。


本間は、京一郎と新八を追った。

雲海坊と勇次は、本間を尾行た。

その間に三人の浪人が入って来た。

雲海坊は眉をひそめた。

三人の浪人は、本間の後に続いた。

「雲海坊の兄貴……」

勇次は、緊張を漲《みなぎ》らせた。

「ああ……」

三人の浪人は、本間を狙っている。

雲海坊と勇次は睨んだ。
京一郎と新八は、茶店の前で立ち止まった。
本間は立ち止まった。
京一郎と新八は振り返り、満面に嘲りを浮かべた。
茶店から二人の浪人が現われた。
そして、本間の背後から来た三人の浪人が駆け寄った。
本間は、五人の浪人に囲まれた。
幸吉、由松、雲海坊、勇次は、息を詰めて見守った。
本間は苦笑した。
「何処迄も汚い外道だな……」
「黙れ……」
京一郎は、嘲笑を浮かべて不忍池の畔を進んで行った。
新八が続いた。
本間は、京一郎と新八を追い掛けようとした。
五人の浪人たちが、本間を取り囲んで行く手を阻《はば》んだ。

「幸吉の兄貴……」

「うん。京一郎だ」

幸吉と由松は、京一郎と新八を追った。

雲海坊と勇次は、雑木林に潜んで本間と五人の浪人を見守った。

「邪魔するな……」

本間は、五人の浪人を厳しく見据えた。

五人の浪人は、嘲りを浮かべて刀を抜いた。

「外道に買われて死に急ぐか……」

本間は、冷たく笑った。

「黙れ……」

五人の浪人は刀を抜き、一斉に本間に斬り掛かった。

本間は踏み込み、正面から斬り掛かった髭面《ひげづら》の浪人に抜き打ちの一刀を放った。

髭面の浪人の刀を握る腕が両断され、血を振り撒いて宙に飛んだ。

鮮やかな一刀だった。

髭面の浪人は昏倒《こんとう》した。

残る四人の浪人は、本間の凄まじい剣の冴えを目の当たりにして怯んだ。

「幾らで白崎京一郎に買われたか知らぬが、たった一つの命、安売りはしない方がいい……」

本間は笑った。

「おのれ……」

若い浪人が、猛然と本間に襲い掛かった。

本間は、血に濡れた刀を無造作に一閃した。

切っ先から血が飛んだ。

若い浪人は、身を投げ出して必死に躱した。だが、頰を薄く斬られ、血が滲み出すように溢れて流れた。

「退け……」

本間は命じた。

浪人たちは、恐怖を露わにして道を開けた。

本間は、刀に拭いを掛けて鞘に納めて京一郎と新八を足早に追った。

「勇次……」

「はい」

雲海坊は、勇次と一緒に本間を追った。

本間は、京一郎と新八を捜しながら不忍池の畔を急いだ。

京一郎と新八の姿は、既に何処にも見えなかった。

撒かれた……。

本間は、京一郎に出し抜かれたのを知った。

雲海坊と勇次は、撒かれた本間がどうするのか見守った。

本間は、茅町一丁目の裏通りに入り、湯島切通町に向かった。

雲海坊と勇次は尾行た。


南町奉行所の用部屋の障子は、陽差しに眩しく輝いていた。

久蔵は、借りて来た『甲州石和御用留帳』を読み終えた。

石和の織物屋一家惨殺の押し込みは、今年の八月に起きていた。

石和の宿場役人は、押し込んだのは侍だと睨み、金が目当ての凶行と見定めて探索をした。そして、犯行当日の夜明け、旅籠《はたご》を早立ちした武士たちが浮かんだ。

武士たちは、領地の見廻りと遊山を兼ねて来ていた旗本たち一行だった。

宿場役人たちは、旗本たち一行の仕業だと石和代官所に訴え出た。だが、石和代官の篠原郡兵衛は、確かな証拠がないと訴えを却下した。そして、織物屋一家惨殺の押し込みを正体不明の盗賊の仕業と断定し、鋭意探索中と書き記していた。

久蔵は苦笑した。

『甲州石和御用留帳』には、白崎京一郎の名は一切書かれていなく、宿場役人たちの誤った探索として旗本と云う言葉が出て来るだけだった。

宿場役人たちが、押し込みを働いたと睨んだ旗本は白崎京一郎一行に違いないのだ。

本間左門は、京一郎を執拗に尾行廻し、その証拠を摑もうとしている……。

久蔵は睨んだ。

三

浅草駒形堂《こまがたどう》裏の小料理屋『若柳《わかやぎ》』は、大川から吹き抜ける風に暖簾を揺らしていた。

幸吉は、物陰から小料理屋『若柳』を見張っていた。

白崎京一郎と新八が、小料理屋『若柳』に入って四半刻が過ぎていた。

「幸吉の兄貴……」

由松が、駆け寄って来た。

「どうだった……」

「はい。若柳は清次《せいじ》って板前が、おみつと云う妹と営んでいるそうです」

「清次とおみつの兄妹か……」

「はい……」

由松は、駒形町の木戸番に聞き込んで来たのだ。

「で、若柳、どんな店なんだい」

「料理もまあまあで値も安く、取立てて悪い噂もないそうですぜ」

「そうか……」

「はい。それにしても兄貴、本間さんはどうしましたかねえ」

「親分の話じゃあ、本間さんはかなりの使い手だそうだ。心配はねえだろう。それより京一郎の野郎、浪人を雇って本間さんを振り切るとは、かなり焦っていやがるな」

「じゃあ、京一郎が人を殺したってのは、どうやら本当ですか……」

「ああ……」

幸吉は頷いた。

湯島天神門前町から神田明神門前町……。

本間左門は、不忍池近くの盛り場に京一郎と新八を捜し歩いた。だが、京一郎と新八を見つける事は出来なかった。

雲海坊と勇次は、慎重に尾行た。

本間は、下谷広小路の盛り場に廻った。そして、京一郎と新八がいないのを見定め、不忍池の畔を根津権現に向かった。

雲海坊と勇次は追った。

千駄木《せんだぎ》の冬枯れの田畑には、旋風《つむじかぜ》に巻き上げられた土埃が舞っていた。

本間左門は、不忍池から根津権現を抜けて千駄木に来た。そして、垣根に囲まれた大きな百姓家の木戸を潜った。

百姓家の木戸には、『植木屋・植甚《うえじん》』の看板が掲げられていた。

雲海坊と勇次は、垣根越しに『植甚』の庭を覗いた。

広い庭には様々な木が植えられ、職人たちが手入れをしていた。

本間は、職人たちと親しげに言葉を交しながら裏手に廻り、小さな家作に入った。

「此の植木屋に住んでいるんですね」

勇次は窺った。

「うん……」

雲海坊は頷いた。

本間左門は、千駄木の植木屋『植甚』の家作に住んでいる。

「よし。勇次は見張ってくれ。俺はちょいと聞き込んでくる」

「はい……」

「万一、動いても見守るだけで、余計な手出しは無用だぜ」

「心得ています」

「じゃあ頼むぜ」

雲海坊は、薄汚れた衣を風に揺らして千駄木の通りに向かった。

勇次は、辺りに見張り場所を探した。

「秋山さま……」

和馬が、久蔵の用部屋にやって来た。

「おう。何か分かったか……」

「はい。石和代官の篠原郡兵衛ですが、かつては作事下奉行をしていましてね。その時の作事奉行が……」

「京一郎の親父の白崎将監だな」

久蔵は睨んだ。

「はい。やはり、石和代官の篠原郡兵衛と京一郎は拘わりがありましたね」

和馬は笑った。

篠原郡兵衛は、作事下奉行の役目に就いていた時、作事奉行の白崎将監の屋敷に出入りして倅の京一郎とも知り合っている。

「ああ……」

石和代官の篠原郡兵衛は、織物屋の一家と奉公人を殺して金を奪ったのが白崎京一郎一行だと知り、握り潰した。

「で、京一郎と一緒に石和に行ったのが誰か分かったか……」

「いえ。それは未だです」

「急ぐんだな……」

「心得ました」

和馬は、慌ただしく用部屋を出て行った。

本間左門は、織物屋一家惨殺の件とどのような拘わりがあるのだ。

久蔵の疑念は募った。

逢ってみるか……。

久蔵は、本間左門に逢う必要を感じた。

日は暮れた。

小料理屋『若柳』に明かりが灯された。

京一郎と新八が、出て来る気配はなかった。

「そろそろ入ってみるか……」

幸吉は、由松に声を掛けた。

「そいつは良いですが、あっしは新八とちょいとだけ顔を合せています。どうしますか」

「そうか。じゃあ、俺だけ入ってみるか……」

小料理屋『若柳』の戸が開き、新八が出て来た。

「兄貴、新八の野郎です……」

由松は眉をひそめた。

「よし。新八は俺が追う。京一郎を頼むぜ」

「承知……」

幸吉は、由松を残して新八を追った。

由松は見送り、京一郎も動くかどうか見定める為、暗がりから見張った。

小料理屋『若柳』を出た新八は、駒形堂の裏手から大川沿いの道を浅草広小路に向かった。

幸吉は追った。

新八は、吾妻橋の西詰を抜けて花川戸町に入った。そして、山谷堀を越えて今戸町に進んだ。

今戸町には寺が連なっていた。

新八は、連なる寺の一軒の裏門に廻った。

裏門の暗がりには、二人の三下奴がいた。

賭場だ……。

幸吉は見定めた。

新八は、三下奴と言葉を交して寺の裏門に入って行った。

新八は賭場に博奕を打ちに来たのか、それとも他に用があって来たのか……。

幸吉は読んだ。

新八が、一緒に酒を飲んでいた京一郎を残し、一人で博奕を打ちに来るとは思えない。

他に用があって来た……。

幸吉は睨んだ。

猪口に満たされた酒は、仄かな湯気を揺らした。

久蔵と弥平次は、熱燗《あつかん》の酒を飲んだ。

「そうか。京一郎の奴、食い詰め浪人を雇って本間の尾行を振り切ったかい……」

「ええ。昼間、幸吉からそう報せが……」

「で、京一郎、本間を振り切ってどうしたんだい」

「新八と一緒に駒形堂裏の小料理屋にいるそうです」

「本間左門は……」

「そいつは未だ……」

「そうか……」

久蔵は、手酌で酒を飲んだ。

「処で秋山さま、本間さんが言い募った京一郎の人殺し、何か分かりましたか……」

「ああ。そいつなんだがな……」

久蔵は、甲州石和の織物屋一家惨殺の一件とその顚末を教えた。

「酷い話ですね……」

弥平次は、微かな怒りを過ぎらせた。

「ああ。そいつに本間左門がどう拘わっているのか……」

久蔵は酒を飲んだ。

「お前さん、雲海坊さんが戻りましたよ」

おまきが、新しい徳利を持って来た。

「おう。入りな」

「御免なすって……」

雲海坊は、敷居際に控えて久蔵に挨拶をした。

「御苦労だな……」

久蔵は労った。

「いいえ……」

「ま、一杯やりな……」

弥平次は、雲海坊に猪口を差し出した。

「畏れいります」

弥平次は、雲海坊の猪口に酒を満たした。

「戴きます」

雲海坊は、猪口の酒を飲んだ。

「で、本間左門さん、京一郎たちに撒かれた後、どうしたい……」

「はい。盛り場で京一郎たちを捜し廻ったのですが見つからず、千駄木の家に帰りました」

「千駄木の家……」

久蔵は、猪口を持つ手を口元で止めた。

「はい。千駄木の植木屋植甚の家作です……」

「本間左門、植木屋の家作に住んでいるのか……」

「はい。それでちょいと聞き込んでみたのですが、植木屋植甚、寺や大名旗本の屋敷にも出入りをしていましてね。親方の甚兵衛《じんべえ》、腕は勿論、商いも中々のものだそうですよ」

「その親方の甚兵衛、甲州石和と何か拘わりはねえかな」

久蔵は、雲海坊に尋ねた。

「はあ。甚兵衛、甲州石和の生まれだそうですが……」

雲海坊は戸惑った。

「やはりな……」

久蔵は、小さな笑みを浮かべた。

「秋山さま……」

「ああ。本間左門、同郷の植木屋甚兵衛を頼って江戸に出て来たんだろうな」

「……」

久蔵は睨んだ。

「きっと……」

弥平次は頷いた。

「よし。本間左門に逢ってみるか……」

久蔵は、その眼を煌めかせた。

駒形堂裏の小料理屋『若柳』は、軒行燈を消して暖簾を仕舞った。

白崎京一郎は、店仕舞いをした『若柳』から出て来る事はなかった。

由松は見張った。

京一郎は、『若柳』に泊まる。

それは勿論、本間左門を恐れての事なのだ。

由松は、京一郎の動きを読んだ。

戻って来た新八が、『若柳』の戸を叩いた。

戸が開き、新八は店に入った。そして、主で板前の清次が顔を出し、鋭い眼差しで辺りを窺った。

由松は、暗がりから見守った。

清次は、辺りに不審がないと見て戸を閉めた。

「由松……」

幸吉が戻って来た。

「兄貴、京一郎の野郎、若柳に泊まるつもりですぜ」

「逃げ隠れしやがって……」

幸吉は嘲笑した。

「で、新八は何処に行って来たんですか」

「今戸の寺の賭場で本間さんを襲った浪人と逢っていたぜ」

「又、何か企んでいるんですかね」

「きっとな……」

幸吉は、『若柳』を見詰めた。

『若柳』の店内には、仄かな明かりが灯されていた。


朝の冷え込みは、日毎に厳しくなっていく。

千駄木の植木屋『植甚』では、親方の甚兵衛と若い職人たちが大八車に植木や道具を乗せ、出掛ける仕度に忙しかった。

本間左門が、甚兵衛や若い職人たちと挨拶を交し、『植甚』から出て来た。

雲海坊と勇次は、物陰から見守った。

本間は、朝陽を眩しげに眺め、根津権現に向かった。

雲海坊と勇次が、物陰から現われて本間の後を追った。

本間は、根津権現の門前町を抜けて不忍池に出た。

今日も淡路坂の白崎屋敷に行き、京一郎を尾行廻すつもりなのだ。

雲海坊と勇次はそう睨み、本間を追った。


不忍池に冷たい風が吹き抜けた。

本間左門は、不忍池の畔を進んだ。

雲海坊と勇次は追った。

着流し姿の久蔵が、不忍池の畔に佇んでいた。

雲海坊と勇次は、久蔵に気付いた。

「秋山さまです……」

「うん……」

雲海坊は頷いた。

久蔵は、本間の前に出て来た。

本間は立ち止まり、厳しい面持ちで久蔵を見詰めた。

「お前さん、本間左門さんだね」

久蔵は笑い掛けた。

「おぬし、白崎京一郎に頼まれた刺客か……」

本間は、久蔵に探る眼差しを向けた。

「いいや。俺は秋山久蔵って者だぜ」

久蔵は苦笑した。

「秋山久蔵……」

本間は、戸惑いを浮かべた。

「本間さん、今年の夏、甲州石和で起こった織物屋の主一家と奉公人を皆殺しにして金を奪った一件。やったのは旗本の倅の白崎京一郎だと睨んでいるそうだな」

「おぬし、何者だ……」

本間は、厳しさを過ぎらせた。

「俺かい、俺は南町奉行所の吟味方与力だ」

「町奉行所の与力……」

本間は、微かな狼狽を滲ませた。

「ああ。で、何故、白崎京一郎の仕業だと睨んだのか、教えちゃあくれねえかな」

久蔵は、本間に笑顔を向けた。

「白崎京一郎、石和の領地に遊山に来て女や博奕に金を使い果たし、土地の博奕打ちの貸元に多額の借金を作った。そして、返さない限り、甲州から出さないと脅かされ……」

甲州や関八州には天領が多くて取締りが緩く、博奕打ちや無宿人が多い。そのような者たちに、下手な誤魔化しや言い訳は利かない。逃げ出せば、甲州中の博奕打ちに触れが廻り、執拗な攻撃を受ける。

「京一郎は、どうしようもなくなって織物屋に押し込み、主夫婦と子供や奉公人を皆殺しにして金を奪った。その証拠に押し込みがあった次の日、京一郎は貸元に借金のすべてを返し、石和を旅立っている……」

「成る程、博奕打ちの貸元に返した金が、織物屋から奪ったものと云う訳だ」

「左様……」

本間は頷いた。

「だが、そいつは確かな証拠とは云えねえな」

久蔵は厳しく告げた。

「云われる迄もない……」

本間は、悔しさを滲ませた。

「だから、京一郎を尾行廻して襤褸《ぼろ》を出させようとしたか……」

「そう思っていたが……」

本間は、言葉を濁した。

「最早、襤褸を出すのを待っちゃあいられねえか……」

「京一郎が刺客を送って来たからには……」

「容赦はしねえか……」

「ええ……」

本間は頷いた。

「処で本間さん。お前さん、皆殺しにされた織物屋とどんな拘わりなんだい」

「織物屋の女房は、私の妹だ……」

「妹……」

「うむ……」

本間左門は、妹を始め義弟と甥や姪を皆殺しにされたのだ。

「だが、逆縁の仇討ちは認められてはいない。それ故……」

「仇討《あだう》ちか……」

「果し合いに持ち込む……」

久蔵は、本間の狙いを読んだ。

「秋山どの、それは成り行き次第です……」

本間は、淋しげな笑みを浮かべた。

「成り行き……」

久蔵は眉をひそめた。

本間左門は、死を覚悟している。

久蔵の勘が囁いた。

「では……」

本間は、久蔵と擦れ違って明神下の通りに向かおうとした。

「白崎京一郎、淡路坂の屋敷にはいないぜ」

久蔵は告げた。

本間は、足を止めて振り返った。

「秋山どの……」

「京一郎の野郎、お前さんに尾行廻されるのを恐れ、昨日から屋敷に戻っちゃあいねえ」

「何処にいるんです……」

本間は眉をひそめた。

「本間さん、京一郎の野郎は、俺たちに任せちゃあ貰えねえかな」

「秋山どの、旗本は町奉行所の支配違い、それに甲州石和は勘定奉行の支配。江戸の町奉行所のおぬしたちにはどうする事も出来ぬ筈だが……」

「悪党は叩けば必ず埃が舞い上がる。じっくりと見定めてお縄にする」

「秋山どの、私は妹夫婦と甥や姪、それに奉公人を皆殺しにした非道な人殺しとして白崎京一郎に思い知らせたいのです」

本間は、久蔵を見据えて告げた。

「本間さん……」

「秋山どの、白崎京一郎は何処にいるのです。お願いです。教えて下さい」

本間は、久蔵に深々と頭を下げた。

「どうあっても……」

「はい」

本間は頷いた。

決意は固い……。

久蔵は見定めた。

「浅草駒形堂裏の若柳って小料理屋だ」

久蔵は教えた。

「浅草駒形堂裏の小料理屋若柳……」

「ああ……」

「その若柳に白崎京一郎はいるのですね」

「ああ。だが、京一郎はおそらく仲間や用心棒の浪人たちと一緒だぜ」

「忝ない……」

本間は、久蔵に感謝の眼差しを向けて頭を下げ、下谷広小路に進んだ。

久蔵は見送った。

「秋山さま……」

雲海坊と勇次が、駆け寄って来た。

「雲海坊、勇次、本間左門は浅草駒形堂裏の若柳って小料理屋に行った」

「秋山さま……」

雲海坊は眉をひそめた。

「本間左門、最早引き返す事はない……」

久蔵は、厳しさを滲ませた。

四

駒形堂裏の小料理屋『若柳』は、大川を吹き抜けた冷たい風に晒《さら》されていた。

幸吉と由松は、駒形堂の陰に入って冷たい風を避け、『若柳』の見張りを続けていた。

由松の睨み通り、白崎京一郎は『若柳』に泊まった。

昨夜、『若柳』に戻った新八は、僅かな時を経て再び出て行った。

おそらく、今戸町の寺の賭場に行ったのだ。

幸吉と由松は睨み、『若柳』の京一郎を見張り続けた。

「おおい……」

野太い嗄れ声が、背後の船着場から響いた。

幸吉と由松は、船着場を振り返った。

船着場には屋根船が船縁を寄せ、手拭の頬被りに綿入れ半纏を着た船頭が手を振っていた。

「伝八《でんぱち》の親方ですよ」

「うん……」

幸吉は、伝八の許に駆け寄った。

伝八は、日焼けした顔を綻ばせて幸吉を迎えた。

「伝八の親方……」

「おう。御苦労だな、幸吉。温かい飯と汁を持ってきたぜ」

「ありがてえ。先ずは由松に食わせてやって下さい」

「合点だ……」

伝八は頷いた。

幸吉は、由松の処に駆け戻った。

駒形堂と柳橋は遠くはない。

弥平次は、お糸に命じて弁当と味噌汁を作らせ、川風に晒されて見張りを続ける幸吉と由松に届けさせた。

屋根船の障子の内には炬燵《こたつ》が設《しつら》えられ、弁当と味噌汁が冷めないように入れられていた。

由松と幸吉は、交代で屋根船の障子の内で温かい飯と味噌汁を食べた。

小料理屋『若柳』に新八がやって来た。

幸吉と由松は見届けた。

「幸吉の兄貴……」

勇次が、駆け寄って来た。

「おう。どうした……」

幸吉は戸惑った。

勇次は、雲海坊と共に本間左門を見張っている筈だ。

「はい。本間さんが来ます」

勇次は報せた。

「京一郎が若柳にいると、良く分かったな」

幸吉は驚いた。

「秋山さまが教えました」

「秋山さまが……」

「はい……」

勇次は頷いた。

「幸吉の兄貴……」

由松は眉をひそめた。

「秋山さま、本間さんに京一郎の野郎を討たせる腹だ」

幸吉は、厳しい面持ちで久蔵の腹の内を読んだ。

小料理屋『若柳』の戸が開き、白崎京一郎と新八が出て来た。

出掛ける……。

幸吉、由松、勇次は緊張した。

京一郎と新八は、『若柳』の清次に見送られて大川沿いを吾妻橋に向かった。

「行き先、寺の賭場かもしれねえな」

幸吉は睨んだ。

「ええ……」

由松は、新八を尾行て今戸町の寺の賭場に行った事がある。

「もうじき、本間さんと秋山さまや雲海坊の兄貴が来ます。寺の賭場って今戸町の何処ですか」

勇次は、微かな焦りを過ぎらせた。

「よし。あっしが残って秋山さまに報せます。勇次、幸吉の兄貴と一緒に行け」

由松は告げた。

「はい……」

幸吉と勇次は、由松を残して京一郎と新八を追った。

由松は、本間左門と久蔵や雲海坊の来るのを待った。

白崎京一郎と新八は、吾妻橋の西詰を通って花川戸町に進んだ。

幸吉と勇次は追った。

勇次は、久蔵から聞いた本間の話を幸吉に告げた。

「そうか。皆殺しに遭《あ》った石和の織物屋のおかみさん、本間さんの妹だったのか……」

「はい。気の毒な話ですよ……」

勇次は、本間に同情した。

「ああ、俺が本間さんだったら、やっぱりぶち殺してやりてえと思うだろうな」

幸吉は、京一郎の後ろ姿を睨み付けた。

本間左門は、小料理屋『若柳』の前に佇んだ。

由松は見守った。

本間は、『若柳』を見上げ、店内の様子を窺った。

「由松……」

久蔵と雲海坊がやって来た。

「こりゃあ秋山さま……」

「御苦労だな。京一郎、いるのか……」

久蔵は、小料理屋『若柳』を見詰めた。

「そいつが、新八が迎えに来て出掛けましてね。幸吉の兄貴と勇次が追いました」

「何処に行ったのか分かるか……」

「はい。おそらく今戸町の寺の賭場かと……」

「今戸の寺の賭場……」

久蔵は眉をひそめた。

「はい……」

「どうします」

雲海坊は、『若柳』の前に佇んでいる本間を示した。

「由松。俺の身内だと云って、今戸の賭場に案内してやれ」

「良いんですか……」

由松は眉をひそめた。

「ああ。俺も行く。心配は要らねえ」

「心得ました」

由松は頷いた。

「じゃあ、頼んだぜ……」

久蔵は、大川沿いに立ち去った。

「雲海坊の兄貴……」

「俺はお前たちの後から行くぜ」

「承知……」

由松は頷き、『若柳』の前に佇んでいる本間に駆け寄った。

「本間さまですね……」

由松は、本間左門に声を掛けた。

「おぬしは……」

本間は、由松に怪訝な眼を向けた。

「あっしは、秋山さまの手の者で由松と申します」

「秋山どのの……」

「はい」

「私に何か用か……」

「白崎京一郎、もう此処にはおりません……」

「いない……」

本間は眉をひそめた。

「御安心下さい。京一郎には見張りが付いていますので……」

「見張り……」

「ええ……」

由松は頷いた。

「そうか、見張りか……」

本間は、久蔵が配下を縦横に動かして探索を進めているのを知った。

「それで、秋山さまが、京一郎のいる処に御案内しろと……」

「忝ない……」

本間は頭を下げた。

「いいえ。さあ……」

由松は、本間を促して今戸町に向かった。

本間は続いた。

雲海坊が、駒形堂の陰から現われて由松と本間を追った。

白崎京一郎と新八は、今戸町の寺の裏門を潜って家作に入った。

幸吉と勇次は見届けた。

「やはり賭場でしたね」

勇次は、緊張に喉を鳴らした。

「ああ……」

家作から三下奴が出て来た。

「勇次、あの三下奴を押えて、中の様子を聞き出すぜ」

「承知……」

幸吉と勇次は、裏門から出て来た三下奴を取り囲んだ。

「ちょいと顔を貸して貰おうか……」

三下奴は怯んだ。

幸吉は、懐の十手を見せた。

「へ、へい……」

三下奴は、狼狽えながら頷いた。

幸吉は、三下奴を寺の裏手の雑木林に連れ込んだ。

「お前、名前は……」

「幹太《かんた》です」

「いいか、幹太。大人しく答えれば良い。さもなけりゃあ、この賭場を手入れして幹太の手引きだと博奕打ちに言い触らすぜ」

「そ、そんな……」

賭場の手入れの手引きをしたと言い触らされれば、博奕打ちの眼の仇にされて生きてはいけない。

幹太は震え上がった。

「賭場には、白崎京一郎と新八の他に誰がいるんだ」

「弥太郎と源之助って旗本の倅と、他に食詰め浪人が三人に博奕打ちが三人です」

「都合十人ですか……」

勇次は眉をひそめた。

「ああ。で、何を企んでいやがる」

「詳しくは知りませんが、誰かを誘《おび》き出して殺す手筈を相談しています」

幹太は声を嗄らした。

「本間さんを殺す手筈ですよ」

勇次は、腹立たしげに吐き棄てた。

「ああ。幹太、命が惜しかったら、此の事は他言無用だ。いいな」

「へい……」

幹太は、喉を鳴らして頷いた。

「よし。じゃあ、さっさと行きな……」

「へい。ありがとうございます」

幹太は、逃げるように足早に立ち去った。

「相手は十人。本間さん、どうしますかね」

勇次は心配した。

「そいつは本人が決める事だ」

幸吉は、厳しさを滲ませた。

「此処か……」

久蔵がやって来た。

「秋山さま……」

幸吉と勇次が迎えた。

「何人だ」

「京一郎を入れて十人……」

「よし。おそらく本間は表から行く筈だ。俺は裏手から踏み込む。お前たちは白崎京一郎から眼を離すな」

「心得ました」

幸吉と勇次は頷いた。

久蔵は、寺の裏門を入り、家作の裏手に消えた。

「幸吉の兄貴……」

由松が、本間左門を伴ってやって来た。

「本間さん、あっし同様、秋山さまの息の掛かった者たちです」

由松は、本間に幸吉と勇次を引き合わせた。

「造作を掛けるな……」

本間は、幸吉と勇次に頭を下げた。

「いいえ。気にしないで下さい。それより本間さん。今、白崎京一郎は旗本の倅仲間と浪人や博奕打ちの都合十人で、本間さんを殺す相談をしているそうですぜ」

幸吉は告げた。

「そうですか……」

本間は苦笑した。

「どうします……」

幸吉は、本間の出方を窺った。

「斬る相手は、妹一家と奉公人たちを皆殺しにした白崎京一郎只一人……」

本間は、怒りや昂ぶりも見せず穏やかに云い放った。

「分かりました。あっしたちもお供します」

幸吉は告げた。

「それは……」

本間は眉をひそめた。

「いえ。あっしたちは白崎京一郎を逃がさないようにするだけです」

幸吉は笑った。

「それは、秋山どのの指図ですか……」

本間は読んだ。

「はい……」

幸吉は頷いた。

「忝ない……」

本間は、幸吉、由松、勇次に頭を下げた。

「いいえ。じゃあ……」

幸吉は、本間を促した。

「うむ……」

本間は、寺の裏門を潜って家作に向かった。

幸吉、由松、勇次は、それぞれ得手《えて》の捕物道具を握り締めて続いた。

雨戸を閉め切った部屋は、薄暗く酒の臭いが籠もっていた。

白崎京一郎は、新八、弥太郎、源之助、三人の浪人、三人の博奕打ちと酒を飲みながら本間左門を殺す手筈を相談していた。

「やはり俺を餌にして誘き出し、斬り棄てるしかあるまい……」

京一郎は、残忍な笑みを浮かべて酒を呷った。

「それには及ばぬ……」

本間の声が、閉められた襖の向こうからした。

「誰だ」

二人の浪人が、慌てて刀を抜いて襖を乱暴に開けた。

本間が現われ、二人の浪人に抜き打ちの一刀を閃かせた。

二人の浪人は、脚を斬られて倒れた。

家作が揺れた。

本間は斬り込んだ。

新八と残った浪人が、本間を迎え撃った。

刃が咬《か》み合って火花が飛び、障子や襖が破れて蹴倒された。

三人の博奕打ちが、背後から本間に襲い掛かった。

幸吉、由松、勇次が、博奕打ちたちに突っ込んだ。

幸吉は十手、由松は角手《かくて》、勇次は萬力鎖《まんりきぐさり》を得物《えもの》に博奕打ちを殴り、叩き伏せた。

壁が崩れ、天井から埃が舞い落ちた。

本間は、浪人の刀を握る腕を斬り裂いた。

浪人は刀を落とし、悲鳴をあげて逃げ去った。

本間は、京一郎に迫った。

「白崎京一郎、石和の織物屋一家と奉公人を皆殺しにした恨み、晴らしてくれる」

本間は、京一郎を見据えた。

弥太郎が、猛然と本間に斬り掛かった。

本間は斬り結んだ。

京一郎は、新八と裏口に逃げた。

本間は、弥太郎を蹴倒して追い掛けようとした。源之助が、横手から本間に突き掛った。

本間は、躱し切れなかった。

源之助の刀は、本間の脇腹に深々と突き刺さった。

本間は、顔を歪めて源之助の襟首を掴んだ。
「お、おのれ……」
本間は、源之助を突き飛ばし、刀を横薙《よこな》ぎに一閃した。
源之助は喉を斬られ、息を鳴らして倒れた。
幸吉、由松、勇次は、京一郎と新八を追った。
雲海坊が、裏口から錫杖を振り廻して乱入して来た。
京一郎と新八は、縁側に逃げて雨戸を蹴破った。
雨戸が砕け飛び、陽の光が座敷に溢れた。
京一郎と新八は庭に飛び降りた。
刹那、新八が弾き飛ばされた。
久蔵がいた。
京一郎は怯んだ。
幸吉、雲海坊、由松、勇次が庭に飛び降り、京一郎を取り囲んだ。
本間は、腹から血を流しながら弥太郎を斬り棄てた。
久蔵は、新八を押えて首に刀を突き付けた。
「甲州石和の織物屋皆殺し、白崎京一郎の仕業だな」

「し、知らぬ……」

新八は、必死に首を横に振った。

「知らぬなら用はない。死んで貰う」

久蔵は、冷笑を浮かべて新八の首に当てた刀を横に引いた。

首が浅く斬られ、糸のような血が浮かんだ。

「そうだ。京一郎だ。白崎京一郎が織物屋一家を皆殺しにして金を奪ったんだ」

新八は恐怖に激しく震え、嗄れた声を引き攣《つ》らせた。

「だ、黙れ、新八……」

京一郎は、悲鳴のように叫んだ。

「煩せえ。白崎京一郎、外道の所業、己の命で償うのだな」

久蔵は一喝した。

本間は、切っ先から血の滴《したた》る刀を握り締め、静かに縁側から庭に下りた。

「止めろ。止めてくれ……」

京一郎は、恐怖に激しく震えた。

本間は、京一郎に対した。

京一郎は、追い詰められた獣のような咆吼《ほうこう》をあげて本間に斬り掛かった。

刹那、本間は横薙ぎの一刀を放った。
京一郎は、腹を斬られて前のめりになった。
本間は、真っ向から斬り下げた。
血が飛んだ。
京一郎は、額を斬り下げられて地面に激しく叩き付けられた。
京一郎は死んだ。
本間は膝をつき、血に濡れた刀で己の身体を懸命に支えた。
腹から血が滴り落ちた。
「見事だぜ、本間さん……」
久蔵は、本間の身体を支えた。
「あ、秋山どの……」
本間は微笑んだ。
「さあ、医者に手当てをして貰おう」
由松と勇次が、戸板を持って来た。
「秋山どの、みんな、いろいろお世話になり礼を申す。このまま、このままで
……」

本間は眼を瞑り、笑みを浮かべて静かに息を絶った。

久蔵は、本間左門の死を見定めて静かに手を合せた。

幸吉、雲海坊、由松、勇次が続いた。

冷たい風が吹き抜け、散り遅れていた枯葉が舞い飛んだ。


久蔵は、捕らえた奈倉《なぐら》新八の口書を取り、白崎京一郎による甲州石和の織物屋一家皆殺しを目付の榊原采女正《さかきばらうねめのしょう》に報せた。

目付の榊原采女正が、旗本の白崎家や奈倉家などをどうするかは分からない。

久蔵は、石和の織物屋を本間左門の姉夫婦の家とし、弟による仇討ちと御用留帳に書き記した。

本間左門は、仇を討ち本懐を遂げて死んだ。


秋山家は煤払いも終わり、忙しい年の瀬を迎えていた。

いつもと変わらず長閑に暮らしているのは、大助と与平だけだった。


新たな年は近い……。

この作品は「文春文庫」のために書き下ろされたものです。

文春文庫

秋山《あきやま》久蔵《きゅうぞう》御用《ごよう》控《ひかえ》
虚《うつ》け者《もの》

定価はカバーに
表示してあります

2013年12月10日　第1刷

著　者　藤《ふじ》井《い》邦《くに》夫《お》
発行者　羽鳥好之
発行所　株式会社　文藝春秋

東京都千代田区紀尾井町 3-23　〒102-8008
TEL　03・3265・1211
文藝春秋ホームページ　http://www.bunshun.co.jp
落丁、乱丁本は、お手数ですが小社製作部宛お送り下さい。送料小社負担でお取替致します。

印刷・大日本印刷　製本・加藤製本
Printed in Japan
ISBN978-4-16-780523-4

（　）内は解説者。品切の節はご容赦下さい。

藤井邦夫
秋山久蔵御用控
**帰り花**

南町奉行所与力・秋山久蔵の活躍を描くシリーズ第二作。久蔵の義父が辻斬りにあって殺された。調べを進めるとそこには不可解な謎が。亡妻の妹の無念を晴らすため久蔵が立ち上がる！

ふ-30-8

藤井邦夫
秋山久蔵御用控
**迷子石**

〝迷子石〟に、尋ね人の札を貼る兄妹がいた。探しているのは、押し込みを働き追われる父。探索を進める久蔵は、押し込み犯の背後にさらに憎むべき悪党がいると睨む。シリーズ第三弾。

ふ-30-9

藤井邦夫
秋山久蔵御用控
**埋《うず》み火《び》**

掘割に袋物屋の内儀の死体が上がった。内儀は入り婿と離縁しておりそれが原因と思われたが、元夫は係わりがないらしい。久蔵は、離縁の裏に潜んでいるものを探る。シリーズ第四弾。

ふ-30-10

藤井邦夫
秋山久蔵御用控
**空《うつ》ろ蟬《ぜみ》**

隠密廻り同心が斬殺された。久蔵は事件の真相を追って〝無法の地〟と呼ばれる八右衛門島に潜入した。そこで彼の前に現れた、伽羅の匂いを漂わせる謎の女は何者か。シリーズ第五弾。

ふ-30-12

藤井邦夫
秋山久蔵御用控
**彼岸花**

般若の面をつけた盗賊が、金貸しの屋敷に押し込み金を奪ったうえ主を惨殺した。久蔵は恨みによるものと睨むが…。夜盗の哀しみと〝剃刀久蔵〟の恩情裁きが胸を打つ、シリーズ第六弾。

ふ-30-13

藤井邦夫
秋山久蔵御用控
**乱れ舞**

浪人となった挙げ句に人を斬った幼な馴染みは、「公儀に恨みを晴らす」という言葉を遺して死んだ。友の無念に、〝剃刀〟久蔵は隠された悪を暴くことを誓う。人気シリーズ第七弾。

ふ-30-14

藤井邦夫
秋山久蔵御用控
**花始末**

往来ですれ違いざまに同心が殺された。久蔵はその手口から、人殺しを生業とする〝始末屋〟が絡んでいると睨み探索を進めるが、逆に手下の一人を殺されてしまう。シリーズ第八弾！

ふ-30-16